AF198027

Florian Wächter

TÖDLICHER TRIP

Unsichtbarer Feind

novum  pro

Dieses Buch ist auch als
e-book
erhältlich.

www.novumverlag.com

Bibliografische Information
der Deutschen Nationalbibliothek:

Die Deutsche Nationalbibliothek
verzeichnet diese Publikation in
der Deutschen Nationalbibliografie.
Detaillierte bibliografische Daten
sind im Internet über
http://www.d-nb.de abrufbar.

© 2021 novum Verlag

ISBN 978-3-99107-256-0
Lektorat: Heinz G. Herbst
Umschlagfotos: Alexis Chomel,
Parad Studio, Vian1980,
Alviseziche | Dreamstime.com
Umschlaggestaltung, Layout & Satz:
novum Verlag

Gedruckt in der Europäischen Union
auf umweltfreundlichem, chlor- und
säurefrei gebleichtem Papier.

www.novumverlag.com

HINWEIS

Handlung und Figuren sind frei erfunden. Das Hotel existiert nur in meiner Fantasie, wie auch die anderen Schauplätze. Bei Namen von Orten, Dingen und Personen kann es zu Übereinstimmungen kommen. Diese sind aber nicht beabsichtigt.

Der Autor wünscht Ihnen viel Vergnügen beim Lesen.

„Nicht dass ich fürchtete, ein Tier zu werden, das wäre nicht schlimm, aber ein Mensch kann niemals ein Tier werden, er stürzt am Tier vorüber in einen Abgrund."

Marlen Haushofer (Die Wand)

1 DIE ANKUNFT

„Seht euch das an!" Barbara steuerte ihren alten, zerbeulten Seat in eine Parkbucht bei einer Aussichtsplattform und stoppte den Wagen mit quietschenden Bremsen.

„Fantastisch", bestätigte Michael vom Beifahrersitz aus. Beide beugten sich über das fleckige Armaturenbrett und blickten zur Frontscheibe hinaus in das weite Tal, das sich unter ihnen ausdehnte. Zu beiden Seiten wurde es von Bergkämmen eingesäumt. Vor ihnen türmten sich die felsigen Bergketten, soweit das Auge reichte. Sie wirkten wie heranbrandende Wellen eines steinernen Ozeans. Die schneebedeckten Gipfel glichen schäumenden Kronen. Tief am Horizont hing die rötlich orange Scheibe der Sonne und verwandelte die zerfetzten Wolken am Himmel in ein glühendes Flammenmeer.

„Ihr wollt doch da jetzt nicht aussteigen?", erkundigte sich Martha vom Rücksitz aus und biss demonstrativ in einen Schoko-Müsli-Riegel.

Michael drehte sich zu ihr um und blinzelte sie ungläubig durch seine runden Brillengläser an. „Aber sicher doch. So etwas sieht man nicht alle Tage", sagte er, dem die Begeisterung förmlich anzusehen war.

„Macht schon", schaltete sich nun Lena ein, die neben Martha auf der zerschlissenen Rückbank saß, und klopfte von hinten ungeduldig auf die Kopfstütze des Fahrersitzes. „Ich muss sowieso mal für kleine Mädchen."

Barbara und Michael öffneten zeitgleich die knarrenden Türen. Ein heftiger Windstoß fuhr in die Fahrkabine und zerrte an den Haaren der vier Insassen.

„Um Gottes willen!", kreischte Martha und hielt ihren Müsliriegel fest umklammert. „Beeilt euch! Und macht die Türen wieder zu. Es ist saukalt!"

Lachend kletterte die kleine Lena über den nach vorne gekippten Fahrersitz aus dem Wagen. Martha fand, es klang wie das

Meckern einer Bergziege. Dann wurden die Türen von außen zugedrückt und der tosende Wind ausgesperrt. Martha beobachtete kopfschüttelnd, wie Barbara und Michael zu einem massiven Holzgeländer gingen, um von dort aus den herrlichen Ausblick zu genießen. Während Michael, dessen Haare vollkommen zerzaust wurden, seinen Parka zugeknöpft hatte, verschränkte Barbara lediglich ihre Arme vor der Brust, um zu verhindern, dass der böige Wind ihre Daunenjacke mit dem kuscheligen Pelzkragen auseinanderblies. Ihr dunkelblonder Pferdeschwanz schimmerte im Licht der untergehenden Sonne golden und wurde wild hin und her gepeitscht.

„Keine zehn Pferde bringen mich da jetzt raus", murmelte Martha kauend und stopfte sich den letzten Rest des Riegels in den Mund. „Sieh dir nur Lena an ... diese Pfeife." Die zierliche, junge Frau mit dem wasserstoffblonden Pony stelzte mit uneleganten Schritten hinter einen großen Felsbrocken, zog ihre Hose im Military-Look über die Knie hinunter und hockte sich über eine niedrige Distel. Ihr glattes, weißes Hinterteil lugte hinter dem dunklen, rauen Gestein hervor und leuchtete wie eine Warntafel, mehr war von ihr nicht zu sehen. „Nichts als Haut und Knochen ... hehe ... denkst, du bist unsichtbar, nur weil du selbst keinen sehen kannst?", gluckste Martha und kicherte hexengleich. Ihr Körper wurde von einem plötzlichen Kälteschauer gebeutelt.

Naserümpfend blickte sie wieder zu den beiden anderen hinüber, die vollkommen in der Betrachtung des Naturschauspiels gefangen waren, das sich vor ihnen ausbreitete wie eine kitschige Kulisse für einen Fantasy-Film. Irgendetwas an dem Bild bereitete ihr Unbehagen. Sie rutschte auf Lenas Seite hinüber, wuchtete ihre 85 Kilo über die Sitzlehne und drückte energisch auf die Hupe. Sie sah, wie Michael einen kleinen Luftsprung machte, der ihn beinahe über das Geländer befördert hätte. Die beiden drehten sich mit erschrockenen Gesichtern zu dem Auto um. Mit hektischen Armbewegungen bedeutete Martha ihnen, dass sie weiter wollte. Barbara sagte etwas zu Michael, woraufhin beide lachen mussten.

Dann wendete sie den Kopf und sah beim Seitenfenster hinaus. Von der Seite näherte sich Lena mit leuchtendem Gesicht. Ihre grünen Augen funkelten wie Smaragde, und die Sommersprossen wirkten wie Risse und Löcher in der elfenbeinfarbenen Haut. Die gebleichten, feinen Haare, ihrer natürlichen Röte beraubt, tanzten um ihren Kopf herum, sodass sie für einen kurzen Moment aussah wie eine Medusa mit hyperaktiven Fadenwürmern anstelle der Schlangen. Martha bekam bei dem Anblick eine Gänsehaut. Sie wusste nicht weshalb, aber der Himmel, der wie eine Filmkulisse wirkte, die seltsamen Lichtverhältnisse und Lenas Gestalt wirkten zusammen genommen irgendwie surreal. Martha rückte wieder an ihren angestammten Platz und wappnete sich gegen die bevorstehende Kälte.

„Da hast du was versäumt", keuchte Michael, als wäre er einen Marathon gelaufen. Er plumpste auf den Beifahrersitz, schloss die Tür, blies seinen Atem in die gefalteten Hände und rieb diese aneinander.

„Auf die Erkältung kann ich gern verzichten", erwiderte Martha frostig. „Wie weit ist es denn noch?"

Barbara zuckte mit den Schultern. „Weiß nicht genau. Vielleicht zwei, drei Kilometer. Besonders weit kann es nicht mehr sein. Wir sind schon nahe an der Baumgrenze. Viel höher hinauf geht es jedenfalls nicht mehr."

Plötzlich spürte Martha eine eisige Hand im Nacken. Sie zuckte heftig zusammen. „Spinnst du?", fuhr sie Lena an.

„Entspann dich doch mal", erwiderte ihre Sitznachbarin grinsend. „Wir haben Weihnachten!"

Martha seufzte und verdrehte die Augen. „Was habe ich mir nur dabei gedacht?", jammerte sie. „Eine ganze Woche im Hochgebirge! Noch dazu im Winter! Mit diesen Wahnsinnigen zusammen!"

Die anderen drei grinsten sich gegenseitig an, dann prusteten sie los, und Martha fiel ungewollt in ihr Lachen ein. Barbara ließ den Motor an und lenkte den Wagen über die kurvige Bergstraße weiter, zwischen den sich wiegenden Bäumen hindurch, dann wieder über frei liegende Almflächen und an schroffen Felswänden vorbei.

„Da vorne steht ein Schild", bemerkte Michael nach einer Weile und deutete mit ausgestrecktem Zeigefinger auf ein provisorisches Plakat, das inmitten der Landschaft fehl am Platz wirkte. „Willkommen in der Bergtherme Waldesruh", las Martha laut vor. „Wie ist Tom eigentlich zu diesem Job gekommen?", erkundigte sie sich und lugte zwischen den Sitzen nach vorne. „Babysitten für ein Hotel in den Bergen?" Die Frage war an Michael gerichtet, der immer am besten informiert war, wenn es um Details ging.

„Soweit ich weiß durch ein Inserat im Internet. Das Hotel wurde von einer Investorengruppe neu übernommen und renoviert. Die Innenarbeiten sind noch nicht beendet worden, daher haben die neuen Besitzer es noch nicht wiedereröffnet. Angeblich nehmen sie nach den Semesterferien die Arbeiten wieder auf. Bis dahin soll Tom auf die Anlage aufpassen", erklärte er.

„Da versäumt er ja die eingeschobenen Vorlesungen über die Psychologische Diagnostik bei Dr. Berghoff", meinte Martha. Sie besaß wiederum den besten Überblick über die Studienpläne der Psychologischen Fakultät.

„Oh, mein Gott! Das überlebt er nicht", erwiderte Michael theatralisch, drehte sich zu ihr um und schnitt eine Grimasse, was Lena zum Lachen brachte.

„Mensch! Bist du leicht zu unterhalten", brummte Martha missmutig in ihre Richtung.

„Wieso bist du denn so mies drauf?", fragte Lena und grinste von einem Ohr zum anderen, was Martha noch mehr auf die Palme brachte.

„Mir ist kalt … und ich hab Hunger."

Das Hotel tauchte plötzlich hinter der nächsten Kurve auf. „Leute, wir sind da!", rief Barbara.

Alle Insassen fokussierten ihre Blicke auf das futuristisch anmutende Objekt vor ihnen. Knapp unter dem Bergkamm war es in die Flanke des Hanges gebaut worden. Drei Stockwerke erstreckten sich über eine Länge von knapp zweihundert Metern bogenförmig um eine Thermenlandschaft unter einer Glaskuppel. Da es etwas unterhalb ihrer momentanen Position lag, konnte man das klare Wasser in den Becken hinter den beschlagenen Scheiben erkennen. An der Spitze der Halbkugel stieg Wasserdampf durch ein Entlüftungssystem in die klare Luft hinaus.

„Wie kommt eigentlich das warme Wasser hier herauf?", erkundigte sich Barbara stirnrunzelnd.

„Es wird durch ein Rohrsystem vom Tal herauf gepumpt", meinte Michael und schob seine Brille den schmalen Nasenrücken hoch.

„Das muss doch irrsinnig viel Energie verbrauchen", nörgelte Lena. „Was für eine Verschwendung." Das war typisch für sie. In der Clique nahm sie die Position der Umweltschützerin ein.

„Ganz im Gegenteil", fuhr Michael fort, während sie sich dem Hotel weiter näherten. „Das abgekühlte Abwasser, das durch ein ausgeklügeltes Rohrsystem zu Tal abfließt, treibt mehrere Turbinen an, die mehr Strom erzeugen, als die gesamte Anlage verbraucht. Die Betreiber speisen sogar Strom in das Netz der Stromanbieter ein."

„Wie soll denn das bitte schön funktionieren?", fragte Barbara argwöhnisch.

Michael grinste. Auch dafür hatte er die passende Erklärung parat. „Talabwärts befindet sich ein kleiner Stausee. So gewinnen sie nicht nur das Trinkwasser für die Anlage, sondern auch genügend zusätzliche Energie."

„Genial! Ein Thermenhotel, ein Stausee … Kraftwerk …", staunte Lena und versuchte jedes Detail der Umgebung in sich aufzusaugen. „Stell dir mal vor, Martha … draußen die Kälte, und du planscht gemütlich im warmen Wasser herum."

„Ja, gar nicht übel", meinte diese in versöhnlichem Tonfall, während sie Lenas Gedankengang folgte.

Barbara lenkte den alten Wagen über eine abschüssige Schotterpiste um die Ausläufer der Thermenlandschaft herum zum Parkplatz vor dem Haupteingang. Dann stieg sie voll auf die Bremse. Die Insassen wurden nach vorne katapultiert. „Wir sind da. Raus mit uns", forderte sie die anderen fröhlich auf und zog den Zündschlüssel ab.

„Danke, Babs", stöhnte Martha, die mit dem Gesicht gegen die Kopfstütze des Beifahrersitzes geknallt war. „Jetzt kann ich meinen Müsliriegel ein zweites Mal genießen."

Lena lachte meckernd. Die vier Freunde stiegen aus und versammelten sich beim Fahrzeugheck.

„Wo ist denn eigentlich Tom?", fragte Martha und blickte missmutig auf ihre Armbanduhr.

„Ich ruf ihn an", sagte Lena, zückte ihr Handy und suchte seine Telefonnummer aus den Kontaktdateien heraus. Währenddessen wuchteten Barbara und Michael die Gepäckstücke aus dem Kofferraum, der bis oben hin vollgestopft war. „Das Signal ist zu schwach ... ich hab hier keinen Empfang."

„Mein Handy ist auch tot", stellte Michael knapp fest.

Barbara schüttelte den Kopf nach einem kurzen Kontrollblick auf das Display ihres nagelneuen Smartphones. „Fehlanzeige!"

„Na super", spottete Martha. „Die ganze Technologie für die Katz. Und was machen wir jetzt?"

Barbara zuckte mit den Achseln. „Wir checken einfach selbst ein", schlug sie vor und raffte ihr Zeug zusammen, das aus einem prall gefüllten Wanderrucksack, einer Laptoptasche und einer Einkaufstüte bestand. Dann marschierte sie auf den Eingang des Hotels zu. Michael folgte ihrem Beispiel.

„Komm schon, du Heulsuse. Oder willst du hier draußen Wurzeln schlagen?", neckte Lena ihre Freundin, schwang einen Rucksack über die Schulter, schnappte sich eine Jutetasche und eilte den beiden anderen mit wehenden Haaren hinterher.

„Zahnstocher", murmelte Martha. Eine kalte Windbö stach mit spitzen Nadeln durch den Rollkragenpullover und ließ ihre Zähne klappern. Sie zeigte Lenas Rücken den erhobenen Mittelfinger, dann hob sie ihre beiden Reisetaschen hoch und stolperte den anderen hinterher. „Wartet auf mich!"

„Was?", fragte Lena und drehte sich an der Tür um, die Michael für die Nachkommenden aufhielt.

„Gar nichts!", rief Martha. „Nehmt nur ja keine Rücksicht auf die Dicke!" Lena verschwand kopfschüttelnd im Eingang, und für einen kurzen Moment hatte Martha ein mulmiges Gefühl, als wäre es grundfalsch, das Gebäude zu betreten – als ob sie besser kehrtmachen und zurückfahren sollten.

„Komm schon, Martha!" Michaels Stimme hallte von dem steilen Felsabhang, der hinter dem Hotel emporragte, wider. Das vertrieb die dunkle Vorahnung. Martha schüttelte sich und legte einen Zahn zu. „Danke, Mike", stöhnte sie, als sie an ihm vorbei in den erstaunlich warmen Innenbereich trat.

Die kleine Gruppe verharrte unschlüssig vor der nostalgisch gestalteten Rezeption, die im krassen Widerspruch zum modernen äußeren Erscheinungsbild der Anlage stand. Ein lautes Klingeln ertönte, und alle zuckten zusammen. Ein Kopf tauchte grinsend hinter dem Tresen auf.

„Sorry, Leute", lachte Thomas, als er ihre erschrockenen Gesichter sah. „Aber ich konnte einfach nicht widerstehen."

„Spinnst du? Ich hätte mir vor Schreck fast in die Hosen gemacht", schimpfte Martha und riss sich die Wollmütze vom Kopf.

Thomas umrundete das Pult und begrüßte alle der Reihe nach. Dann hob er Marthas Taschen vom Boden auf. „Kommt mit, ich führ euch in eure Suiten."

„Hört, hört!", rief Lena erfreut. „Wir residieren hier recht komfortabel."

Thomas nickte. „Für meine Freunde nur das Beste", meinte der Gastgeber, der sie einen gebogenen Flur entlangführte. „Die Betten sind recht bequem, und es gibt reichlich Frischwasser. Aber nachts kühlt es in den Zimmern recht rasch ab. Das liegt daran, dass die Heizung momentan nur auf minimaler Stufe arbeitet. Ansonsten kann man es hier aber aushalten." Er bog ab und verschwand im ersten Raum, dessen Tür offenstand. „So, das wäre das Zimmer Nummer eins", sagte er.

„Hier bleib ich", rief Martha sofort und ließ sich auf die bequeme Couch sinken.

„Wow! Seht euch nur diese Aussicht an", staunte Lena. Eine Glasfront, die von der Decke bis zum Boden reichte, ermöglichte einen ungehinderten Blick auf die gegenüberliegenden Gipfel. Die anderen traten ebenfalls an die Scheiben.

„Seht mal, von hier aus sieht man auch die Schwimmbecken", stellte Barbara erstaunt fest.

„Ja, die liegen etwa zehn Meter unter dieser Ebene." Thomas war neben sie getreten und deutete auf das Thermen-Areal hinunter. „Somit befindet sich das Dach der Kuppel auf diesem Niveau, bevor es in gleichmäßigen Bögen nach vorne abfällt. Es ist wie eine halbrunde Ziehharmonika konstruiert. Nur ein schmaler Weg führt um die Gebäude herum. Und unter dem Parkplatz befinden sich die Garage, Lagerräume, Heizkessel, Pumpen, der Notstrom-Generator und so weiter."

Lena presste überwältigt ihre Nasenspitze an der Scheibe platt. „Toll", schwärmte sie. „Und wie gelangt man in die Therme?" Die Vorfreude ließ ihre Augen leuchten.

„Es gibt zwei Abgänge, an jedem Ende des Hotels einen. Und auch Aufzüge, die jedoch noch gesperrt sind, aber das alles zeig ich euch später. Sehen wir uns die anderen Zimmer an", schlug er vor und machte sich auf den Weg zur Tür.

„Hat denn jeder ein eigenes?", fragte Lena verblüfft.

„Wenn du willst, kannst du dir auch gern ein Zimmer mit jemandem teilen", lachte Thomas, der schon halb im Flur verschwunden war.

Michael boxte sie gegen den Oberarm. „Wie wär's?", fragte er augenzwinkernd.

„Träum weiter", erwiderte Lena und versetzte ihm einen Nasenstüber.

„Sie liegen ohnehin nebeneinander und unterscheiden sich kaum voneinander", meinte Thomas. „Vermeidet nur jede Beschädigung und unnötige Verunreinigungen."

„Das ist doch klar", sagte Barbara und betrat das nächste Zimmer.

Nach und nach bezogen sie ihre Suiten. Lena nahm Anlauf und landete vor Freude quietschend in dem Kingsize-Bett.

Michael war als Letzter dran. „Wo schläfst du?", erkundigte er sich bei Thomas. Die beiden waren nun allein.

„Ich habe eine Dienstwohnung hinter der Rezeption", antwortete er und deutete mit dem Kopf in Richtung Eingangshalle.

Michael grinste. „Wie romantisch."

„Wenn man allein hier ist, dann wird es ganz schön unheimlich. Da ist der Raum hinter dem Tresen der beste Ort im ganzen Hotel, das kannst du mir glauben."

„Jetzt sind *wir* ja hier." Michael stellte sein Gepäck am Fußende des Bettes auf den weichen Teppichboden.

„Meine Schwester und ihr Freund kommen auch."

„Jenny kommt hierher?", fragte Barbara, die plötzlich im Türrahmen aufgetaucht war. Ihre Augen waren zu schmalen Schlitzen geformt und die Hände kampfbereit in die Hüften gestemmt. Sie schnaubte. „Wann?"

Thomas blickte auf seine Armbanduhr und fuhr sich mit den Fingern durch den Kinnbart, was er immer machte, wenn er nervös war. „Sie müssten eigentlich schon längst da sein." Er warf Barbara einen entschuldigenden Blick zu.

„Da ist ein großer Geländewagen auf dem Parkplatz vorgefahren!" Mit diesen Worten platzte Lena in Michaels Zimmer und hätte beinahe Barbara umgerannt.

„Das werden sie sein", erwiderte Thomas und schob sich an den beiden vorbei.

„Wer?", fragte Lena.

„Toms Schwester", knurrte Barbara und folgte ihm in den Flur. Lena heftete sich an ihre Fersen. „Jenny kommt auch?"

„Sie ist schon da", erwiderte Barbara grimmig.

Michael schloss sich den anderen schweigend an.

Als die Prozession im Gänsemarsch an Marthas Tür vorbeidefilierte, steckte diese ihren Kopf neugierig heraus. „Was ist denn hier los? Wo wollt ihr hin?"

„Toms Schwester ist hier", antwortete Michael über die Schulter zurück.

„Jenny, das Model?"

Lena zog eine Grimasse. „Genau die!"

„Auweia", seufzte Martha. Das klang nach Ärger. Barbara hatte ein kurzes, aber intensives Verhältnis mit Thomas gehabt, das schließlich daran gescheitert war, dass sie sich mit seiner Zwillingsschwester nicht vertrug. Diese hatte sich erfolgreich

15

zwischen die beiden gedrängt, bis Barbara der Kragen geplatzt war und Schluss gemacht hatte.

„Und sie bringt noch einen Freund mit", sagte Lena, von einem Ohr zum anderen grinsend. Sie hatte sich ganz umgedreht und legte einige Schritte im Rückwärtsgang zurück.

„Wartet, ich komme mit!", rief Martha aufgeregt und hängte sich an die Gruppe dran.

Als Thomas mit den anderen im Gefolge die Empfangshalle betrat, stürmte Jenny auf ihn zu und schlang ihre Arme um seinen Oberkörper. „Tom", sagte sie heiter und drückte ihm einen Kuss auf die Wange. „Schön, dich zu sehen. Und vielen Dank noch mal für die Einladung." Sie sah ihrem Bruder über die Schulter, löste sich aus der Umarmung und winkte dem restlichen Begrüßungskomitee freundlich zu. „Hallo, zusammen!"

Martha, Lena und Michael erwiderten den Gruß und winkten zurück.

„Hi, Jenny", grüßte Michael flapsig und grinste.

Barbara nickte bloß. Ihre Miene ließ keinen Zweifel daran aufkommen, dass sie das plötzliche Auftauchen von Thomas' Schwester missbilligte.

Jenny drehte sich zu ihrem Begleiter um. „Das ist mein Freund, Ralf", stellte sie den gut aussehenden Mann mit Kurzhaarfrisur vor, der sich bisher im Hintergrund gehalten hatte. Als er nähertrat, um jedem Einzelnen die Hand zu schütteln, bemerkten sie erst, wie groß und kräftig dieser war. Bei jedem Namen, der ihm genannt wurde, hatte er einen peinlichen Kommentar parat.

„Tom! He, du bist deiner Schwester, wie aus dem Gesicht geschnitten. Soll nicht heißen, du siehst aus wie ein Mädchen … Hi, Mike! Kenn ich dich nicht aus Harry Potter … hahaha … Martha! Meine Großmutter heißt auch Martha. Du siehst ihr ein bisschen ähnlich … Barbara, schön, dich einmal persönlich kennenzulernen. Hab schon viel von dir gehört, wenn auch nicht unbedingt nur Erfreuliches." Er schnalzte mit der Zunge, hielt ihre Hand länger als notwendig fest. Dann wandte er sich der Letzten zu. „Lena! Bist du nicht noch ein bisschen zu jung zum Studieren?" Er zwinkerte Lena zu, die nicht wusste, ob sie vor Schmerzen in die Knie gehen sollte, weil er ihr soeben die Hand zerquetscht hatte, oder ob sie vor Scham gleich ganz im Boden versinken sollte.

„Äh … eigentlich ist Babs die Jüngste von uns", erwiderte sie und schüttelte demonstrativ ihr Handgelenk aus. Barbara zuckte mit den Schultern, als Ralf ihr einen erstaunten Blick zuwarf. „Es sind nur ein paar Monate", meinte sie.

Thomas führte die Gruppe wieder zu den Suiten zurück. „Euer Zimmer ist das Letzte, ganz hinten, beim Abgang zur Therme", erklärte er seiner Schwester, die sich bei ihm untergehakt hatte.

„Gut, so", blökte Ralf, der zwei riesige Taschen trug, als ob diese nichts wiegen würden. „Dann stören wir euch wenigstens nicht, wenn Jen und ich die Matratzen testen."

Barbara, die mit Abstand als Nächste folgte, stellte sich im Geiste vor, wie sie erst dem ungehobelten Kerl ihren Turnschuh zwischen die strammen Hinterbacken rammen würde, bevor sie Jennys unglaublich wundervolles, brünettes Haar abfackelte. Lena, die schräg hinter ihr folgte, ließ ein meckerndes Lachen hören. Barbara warf ihr einen bitterbösen Blick über die Schulter zu, der ihre Freundin augenblicklich verstummen ließ. Martha war schon in ihrem Zimmer verschwunden, denn sie hatte genug gesehen. Sie wollte lieber ihre Essensvorräte durchforsten, denn ihr knurrte der Magen. Lena, die Barbara überholt hatte, drehte sich an der Türschwelle zu ihrer Suite um und zuckte entschuldigend mit den Achseln. Dann tauchte sie ebenfalls in ihrer Unterkunft unter. Michael folgte Barbara auf den Fuß, als diese in ihr Zimmer ging.

„Was ist los mit dir?", fragte er und zuckte zusammen, als sie sich zu ihm umdrehte. Auf ihrem Gesicht spiegelte sich die blanke Wut, und an der Stirn war eine Zornesfalte aufgetaucht, die er an ihr noch nie zuvor bemerkt hatte.

„Was los ist?", fauchte sie gereizt. „Ich … ich dachte, wir könnten hier gemeinsam ein paar ruhige Tage verbringen, dann taucht diese Hexe auf und … und verdirbt uns den ganzen Spaß! Und erst dieser aufgeblasene Kerl! Er hält sich wohl für unwiderstehlich! Dann stören wir euch wenigstens nicht, wenn wir die

Matratzen testen", äffte sie Ralf nach. „Diese Schlampe ist schuld, dass Tom und ich Schluss gemacht haben, und jetzt schleppt sie diesen Affen an und … und … ach, Scheiße, am liebsten würde ich auf der Stelle zurückfahren." Michael schloss rasch die Tür, um ihre Raserei vor der Öffentlichkeit zu verbergen. Danach betätigte er den Lichtschalter, denn es war inzwischen dunkel geworden, und er konnte ihre Gestalt nur noch schemenhaft erkennen. „Barbara, das kannst du nicht machen. Lass uns nicht im Stich", flehte er sie an.

Sie versetzte ihrem Rucksack einen Tritt und machte einige rasche Schritte auf das Sofa zu, schnappte sich ein Zierpolster und schleuderte dieses quer durch den Raum. Dann ließ sie sich auf die Sitzfläche plumpsen, drückte mit verschränkten Armen ein zweites Kissen an ihre Brust und blies sich eine verirrte Strähne aus dem Gesicht. „Hast du denn gewusst, dass diese blöde Ziege hier auftaucht?", zischte sie ihn mit funkelnden Augen an.

„Äh, nein", versicherte er ihr rasch. „Aber wir sollten das Beste daraus machen. Wir werden sie einfach ignorieren. Das Wichtigste ist doch, dass wir zusammen sind … Vergiss Jenny und ihren Freund."

Barbara streifte ihre zugeschnürten Trekkingschuhe von den Fersen und setzte sich im Schneidersitz hin. Ihr Blick wanderte zu der Glasfront, in der sich der ganze Raum spiegelte. Sie konnte sich selbst auf dem Sofa sitzen sehen. In dem Augenblick kam sie sich vor wie ein trotziges Kind. Sie sah den Spiegel-Mike auf ihr Bett zugehen und wandte sich ihm zu.

Er setzte sich auf die Bettkante und faltete die Hände wie zum Gebet. Dann blickte er sie erwartungsvoll an. „Was sagst du dazu?"

„Okay", lenkte sie ein, „aber wenn die beiden nerven, bin ich eine Staubwolke."

„Du wirst sehen, Babs, wir haben auch so unseren Spaß", erwiderte Michael sichtlich erleichtert. „Und wer weiß, vielleicht hat es auch etwas Gutes. Ich meine, wenn du ihr eine Chance gibst, dann ändert sie vielleicht ihre Meinung über dich und …"

„Ha!", unterbrach sie ihn unwirsch. „Das glaubst du ja selbst nicht. Du hast keine Ahnung." Michael zuckte erschrocken zusammen. Seine Augen blinzelten unsicher hinter der Brille. „Lassen wir das Thema, Mike", meinte sie in gemäßigterem Ton. „Ich werde schon klarkommen, bin ja schließlich erwachsen."

Michael grinste. „Wenn du glaubst."

Barbara lachte. „Idiot!" Sie warf das Kissen nach ihm.

Im selben Moment ging die Tür auf, und Thomas trat ein. „Na, ihr amüsiert euch ja königlich", stellte er fälschlicherweise fest. „Ich gehe mit Jen und Ralf in die Sauna. Wollt ihr mitkommen?"

„Äh, nein, danke", lehnte Michael rasch ab und warf Barbara einen verschwörerischen Blick zu. Diese erhob sich ruckartig und streifte ihre Weste glatt.

„Warum eigentlich nicht, Mike? Ich denke, das wird uns guttun ... nach der langen Anreise."

Michael blinzelte verwirrt. „Äh, gut, wenn du meinst."

Thomas nickte zufrieden. „Wir treffen uns in einer Viertelstunde am Abgang, gleich nebenan", sagte er. „Ich zeige Martha vorher nur schnell die Küche. Sie beklagt sich, dass ihr der Magen schon bis zu den Knien durchhängt."

Lena tauchte hinter ihm im Türrahmen auf. „Ihr geht in die Sauna? Ich würde lieber eine Runde schwimmen", maulte sie.

Thomas drehte sich zu ihr um. „Kein Problem, das liegt auf dem Weg."

Martha drängelte sich an Lena vorbei und gesellte sich zu ihnen. „Was ist jetzt, Tom?", quengelte sie. „Ich dachte, du führst mich zum Futter?"

„Gleich, Martha", erwiderte er grinsend und wandte sich den anderen zu. „Also in einer Viertelstunde am Abgang?" Michael, Barbara und Lena nickten.

„Was ist in einer Viertelstunde?", erkundigte sich Martha.

„Wir gehen in die Sauna", klärte Michael sie auf.

„Und ich schmeiße mich in den Pool", ergänzte Lena. „Willst du nicht mitkommen? Du weißt schon ... das warme Wasser umschmeichelt sanft deinen Körper."

Martha schüttelte vehement den Kopf. „Das hat Zeit. Ich hab Kohldampf, aber wenn ihr wollt, dann mach ich euch auch ein paar Sandwiches", schlug sie vor.

„He, das wäre toll!", rief Michael begeistert, denn ihm knurrte mittlerweile auch schon der Magen. „Zeig ihr alles, Tom, und hol uns nachher ab."

Thomas legte Martha die Hand auf den Rücken und führte sie aus dem Zimmer. „Komm mit."

Lena war inzwischen hereingetreten. „Sind sie nicht ein entzückendes Paar?", kicherte sie, während sie Thomas und Martha hinterherblickte.

„Fürwahr", bestätigte Michael lachend und verließ ebenfalls die Suite, um sich für den Saunabesuch vorzubereiten.

„Was war denn vorhin los mit dir?", fragte Lena Barbara, als Michael draußen war. „Und warum hast du so herumgebrüllt? Du musst wissen: Die Wände sind hier offenbar sehr dünn."

Barbara zog ihre Weste aus und warf sie über eine Stuhllehne. „Vergiss es, es war nichts."

Lena warf ihr einen prüfenden Blick zu und kaute an ihrer Unterlippe. „Ist es wegen Jenny?"

„Ja. Hör mal, Lena, vielleicht reden wir ein anderes Mal darüber. Ich hab jetzt keine Lust dazu."

Lena steckte ihre Hände in die weiten Hosentaschen und zog die Schultern hoch. „Schon okay, Babs. Ich geh dann mal und veredle meinen Luxuskörper mit dem brandneuen, heißen Bikini von Calvin Klein."

Barbara konnte nicht anders und musste grinsen, als sie sich Lena im Designer-Bikini vorstellte. Für sie war das gleichbedeutend damit, einen Bikini auf einem Kleiderhaken aufzuhängen. „Eine Vogelscheuche hat mehr Fett auf den Rippen als sie", hatte sie einmal zu Thomas gesagt.

★★★

Wenig später versammelte sich die Badegesellschaft, in die hoteleigenen Bademäntel gehüllt, an der Stiege, die in die Therme hinab führte.

„Und die Matratze schon getestet?", fragte Michael Ralf im Scherz, ohne wirklich eine Antwort zu erwarten.

„Für einen Quickie ist immer Zeit. Ich hoffe, wir waren nicht zu laut?", konterte dieser und zwinkerte ihm zu.

„Wo ist Martha?", erkundigte sich Jenny bei ihrem Bruder, um von diesem peinlichen Thema abzulenken. „Kommt sie nicht mit?" Tom schüttelte den Kopf und legte einen Arm um seine Schwester. „Die bereitet uns ein kleines Abendmahl vor."

Staunend durchquerten die jungen Gäste die in romantisches Zwielicht getauchte Wasserwelt. Die Welt außerhalb der riesigen Glaskonstruktion hüllte sich in undurchdringliche Schwärze. Innen zauberten die Lichtreflexionen der schaukelnden Wasseroberfläche ein stetes Funkeln an die Scheiben. Ein leises Gurgeln und Plätschern erinnerte die Gäste daran, dass das nasse Element in ständiger Bewegung war.

„Wo ist denn jetzt die Sauna?", erkundigte sich Lena bei Thomas.

„Gleich hinter dieser Glastür", antwortete er und deutete auf eine Doppeltür aus Milchglas. „Der Nacktbereich muss vom allgemeinen Badebereich getrennt sein, aus Jugendschutzgründen!"

Lena hüpfte zu einem Garderobenständer, an dem man seine Sachen aufhängen konnte. „Gut, dann lasse ich meinen Mantel hier", verkündete sie und schlüpfte aus dem Frotteemantel, der ihr eigentlich viel zu groß war.

„Na ja, ohne Ausweis würdest du wahrscheinlich ohnehin nicht in die Sauna gelassen", gackerte Ralf in Anspielung auf ihre zierliche Gestalt. Lena ignorierte diese Meldung geflissentlich und zupfte das Bikini-Oberteil zurecht, das allerdings nicht viel verbergen musste.

„Willst du nicht doch mitkommen?", fragte Michael, der genau wusste, dass Ralf damit einen wunden Punkt bei ihr getroffen hatte.

„Nein, nein. Geht nur. Ich hab's nicht so mit der Hitze", erwiderte sie mit bemüht fester Stimme.

Michael bewunderte ihre Contenance und nickte ihr aufmunternd zu, bevor er sich den anderen anschloss.

Lena wartete, bis alle im Durchgang verschwunden waren und trippelte dann zum Beckenrand. Bevor sie ins Wasser sprang, schnaufte sie ordentlich durch und sah sich noch einmal in der düsteren Schwimmhalle um. „Arschloch!"

2 MARTHA

Martha schmierte inzwischen alle möglichen Aufstriche auf aufgetaute Weißbrotscheiben und belegte diese mit Schinken, aufgeschnittenem Gemüse und Essiggurken. Dann verzierte sie die Häppchen mit Mayonnaise und Kapern. Zwischendurch musste sie natürlich alle Varianten kosten, ob diese auch zum Verzehr geeignet waren. Ihre Stimmung besserte sich mit jedem verschlungenen Leckerbissen. Sie summte während der Arbeit eine fröhliche Melodie vor sich hin.

„Sollen die anderen nur schwitzen", murmelte sie und biss von einem Brötchen ab, dann schluckte sie runter und erhob die Stimme: „Solange ich euch habe, meine Freunde, soll es mir an nichts mangeln!" Dabei blickte sie zufrieden auf das halbe Dutzend Serviertassen hinab, auf denen sie die Happen liebevoll drapiert hatte. Vier große Krüge mit verschiedenen Fruchtsäften und eine Karaffe mit Wasser komplettierten das vorbereitete Gelage. Sieben saubere Gläser standen ebenfalls bereit und eine Flöte mit Sekt- Orange. Martha griff nach Letzterer und prostete den Edelstahl-Kühlschränken zu, aus denen sie sich bedient hatte. „Auf das Schlaraffenland und alle seine Leckereien!", rief sie und leerte das Glas in einem Zug.

Plötzlich vernahm sie ein Scheppern. Es klang, als wäre jemand gegen einen Servierwagen gelaufen oder hätte zwei Blechtassen aneinandergeschlagen. Von einer Sekunde auf die andere war ihre Hochstimmung wie weggeblasen. Sie blickte zu der Schwingtür im hinteren Bereich der Küche, die ins Restaurant führte. Von dort war das Geräusch gekommen, da war sie sich sicher. Diese lag allerdings im Halbdunkel, wie der Rest der Großküche. Sie verfluchte Tom, dass er nur den vorderen Teil des Raums beleuchtet hatte. Als sie die Sektflöte auf die Arbeitsplatte knallte, brach der Stiel, und das Glas rollte über den Tisch, bis es gegen eine der Serviertassen schlug. Mit zitternder Hand tastete sie nach dem langen Küchenmesser, das sie zuvor verwendet hatte, und brachte es beidhändig vor ihrem Bauch in Anschlag.

„Tom, bist du das?", rief sie mit dünner Stimme und lausch-te. „Tom?" Währenddessen ließ sie den Übergang keinen Moment aus den Augen. Sie fixierte die Stelle so lange, bis sie sich einbildete, die Flügel würden sich bewegen. Es war nur ein ganz feines Schwingen, wie durch einen Lufthauch erzeugt. Doch sie wusste, dass alle Fenster fest verschlossen waren. Es gab keinen verdammten Luftzug. Schon glaubte sie, sie hätte sich das Scheppern nur eingebildet, da vernahm sie ein lautes Knarren. Der Schweiß auf ihrem Rücken fühlte sich an wie kleine Eiskügelchen, die darauf warteten zu schmelzen. Plötzlich fror sie, und nun glaubte sie doch einen kalten Lufthauch zu spüren. „Verdammt, wer ist da?", fragte sie. Ihre Stimme klang in ihren eigenen Ohren ungewöhnlich schrill. „Tom?" Dann fiel ihr ein, dass Lena die Einzige war, die nicht in die Sauna wollte. „Lena", knurrte sie. „Wenn ich dahinterkomme, dass du das bist, dann trete ich dir in deinen knochigen, weißen Arsch! Hörst du?" Antwort erhielt sie keine.

Also schlurfte sie langsam seitwärts zum Ausgang, wobei sie das Messer fest umklammert hielt. Es waren nur wenige Meter, doch es kam ihr vor wie eine halbe Ewigkeit, bis sie diesen endlich erreicht hatte. Sie drückte die Klinke herunter, wofür sie die linke Hand von der Waffe nehmen musste. Die Angeln waren gut geölt, und die Tür schwang lautlos nach innen auf. Martha trat mit einem Fuß über die Schwelle auf den Gang hinaus und spähte erst zur Glasfront des unbeleuchteten Restaurants hinüber, dann in die entgegengesetzte Richtung, wo sich die Empfangshalle befand. Das vorgehaltene Messer machte jede ihrer Bewegungen mit. Im Flur war nur die Notbeleuchtung aktiviert. Zu viele Schatten, worin Gefahren lauern konnten, befanden sich auf dem Weg zu ihrem Zimmer. Außerdem, was wollte sie dort? Die anderen waren in der Therme. Obwohl sie sich ihr Hirn zermarterte, wollte ihr partout nicht mehr einfallen, wo sich die Abgänge zum Bad befanden. Was hat Tom ihnen vorhin erklärt? Sie war so sehr mit ihrem Hunger beschäftigt gewesen, dass sie es glatt überhört hatte.

„Das schaffe ich nie", flüsterte sie und trat in die relative Sicherheit der hell beleuchteten Küche zurück. Martha schlich zu dem Buffet, öffnete vorsichtig eine der Kühlschranktüren und holte die angebrochene Sektflasche heraus. Dann warf sie dem kaputten Glas einen säuerlichen Blick zu und setzte die Flasche direkt an ihre Lippen. Als die Kohlensäure den flüssigen Inhalt schäumend durch den Flaschenhals presste, bekam sie eine volle Ladung in die Nasenhöhle verpasst. Sie musste husten und spuckte das edle Getränk wieder aus. Dabei bekleckerte sie ihren Pullover. Das Küchenmesser rutschte ihr aus der Hand und landete laut klirrend knapp neben ihrem Fuß auf dem Fliesenboden. „Verdammt", fluchte sie und wischte die Nase am Ärmel ab. „Du bist sogar zu blöd, dich zu besaufen, Martha Bender!" Dann wurde sie von einem Lachanfall geschüttelt, als sie daran dachte, dass man sie womöglich finden würde – mit vorne und hinten vollen Hosen und bekleckertem Pullover, erstickt an einem Dutzend Brötchen, vielleicht noch mit dem Gesicht in einem der Servierteller. Nur das Messer, das in ihrem Schuh steckte, würde den Kriminalisten Rätsel aufgeben.

Als sie wieder dieses seltsame Knarren aus dem Restaurantbereich vernahm, hob sie rasch das Messer vom Boden auf.

3 BEGEGNUNGEN

In der Sauna gab es unterdessen ein anderes Problem.

„Also, nein!", polterte Ralf. „Mit so einer Ganzkörper-Badehose in die Sauna? Niemals! Sei mir nicht böse, Alter, aber das geht gar nicht." Jenny knuffte ihn mit dem Ellenbogen in die Seite. Michael sah von einem zum anderen, doch allen in der Runde war anzusehen, dass sie mit den Tränen kämpften. Selbst Barbara schmunzelte. „Mike! In die Sauna geht man, so wie Gott uns schuf", klärte sie ihn auf.

„Nackt?"

„Ja, Herrgott nochmal! Bist du vielleicht mit dem Ding zur Welt gekommen?", legte Ralf nach und zeigte auf die knielange Bermuda, die von Michaels Hüften herabbaumelte. „Wenn die nass wird, dann wiegt die allein schon mindestens doppelt so viel wie ein Säugling."

Jenny stieß abermals mit dem Ellenbogen zu. „Lass gut sein", ermahnte sie ihren Freund.

Michael blickte hilfesuchend zu Thomas. Der schüttelte nur breit grinsend den Kopf.

„Du musst ja nicht mitmachen. Vielleicht leistest du Lena etwas Gesellschaft und schwimmst eine Runde im Becken", schlug Barbara vor und kicherte.

„Ja, aber pass auf, dass noch etwas Wasser im Pool bleibt, wenn du ihn wieder verlässt", ätzte Ralf. Von Jenny brachte ihm das jedenfalls einen weiteren Knuff ein. „Hey, Jen! Wollen wir Platz tauschen, ich hab auf der anderen Seite auch noch ein paar Rippen, die noch nicht angeknackst sind." Das brachte das Fass zum Überlaufen, und die restlichen Sauna-Besucher brachen in Gelächter aus.

Michael verließ die Kabine wie ein geprügelter Hund und zog die Badehose aus, hängte sie neben seinen Bademantel auf einen freien Haken und kam mit dem Handtuch über dem Unterarm wieder zurück. „Tut mir leid, ist eben mein erstes Mal", erklärte er und fand sich nun mit einer völlig neuen Situation konfrontiert. Alle starrten auf das Ding, das zwischen seinen Schenkeln herabbaumelte.

„Alter Schwede", rief Ralf und pfiff anerkennend durch die Zähne. „Dafür brauchst du aber echt einen Waffenschein." Michael zog die Glastür zu, kletterte unter den neugierigen Blicken der anderen auf die mittlere Ebene und platzierte sich zwischen Thomas und Barbara, die respektvoll auseinanderrückten. Die Bänke waren L-förmig angeordnet. Neben seinem Freund ums Eck saß Jenny, und Ralf lehnte mit dem Rücken lässig an der Holztäfelung. Ein Bein hatte er angewinkelt und das andere Richtung Sitznachbarin ausgestreckt, wohl um ihren Ellenbogenattacken zu entgehen.

Als Michael ihrer gesteigerten Aufmerksamkeit überdrüssig geworden war, klatschte er in die Hände. „So, jetzt wisst ihr, warum ich so komische Bermuda-Shorts trage. Können wir anfangen?" Das brachte ihm erstaunte Blicke der anderen ein.

„Anfangen? Womit?", fragte Thomas sichtlich verwirrt.

„Na, was man so in der Sauna macht!"

Ralf schlug sich kichernd auf die Schenkel.

„Mike", gluckste Barbara. „Du musst nur da sitzen und schwitzen."

„Das ist alles?"

Barbara nickte übertrieben heftig und klopfte ihm auf die Schulter. Von der anderen Seite ertönte ein Grunzen. Michael sah zu Ralf hinüber.

„Mike, du bist schon ein schräger Typ", bemerkte Jennys Freund, was fast schon als Kompliment gewertet werden konnte.

„Ja, ich weiß", erwiderte er und grinste trocken. „Das Gleiche wollte ich eben von dir sagen." Nun bekam *er* einen Ellbogencheck von Barbara. Ralf lachte schallend und streckte ihm den erhobenen Daumen entgegen.

As sich die allgemeine Unruhe gelegt hatte, begannen sie still vor sich hin zu brüten. Nur die Geschwister unterhielten sich flüsternd. Michael konnte nicht verstehen, was sie sagten, nur hin und wieder schnappte er einen Gesprächsfetzen auf. Offenbar ging es um ein Haus am See, das sie an Fremde vermietet hatten. Daher nutzte er die Gelegenheit und musterte die anderen verstohlen. Immerhin war er der Einzige, der noch keinen von ihnen jemals nackt gesehen hatte, was natürlich auch umgekehrt galt. Ralfs Muskeln beeindruckten ihn. Vor allem gab es da einige, von denen er gar nicht gewusst hatte, dass es sie überhaupt gab. Michael selbst war mit seinen eins fünfundsiebzig fast einen Kopf kleiner als der Muskelmann, hager und bei Fremden eher zurückhaltend. Thomas war ein Durchschnittstyp, bei dem aber alles zusammenpasste. Man konnte ihn durchaus als gut proportioniert bezeichnen, jedoch ohne besondere Auffälligkeiten. Bei Frauen kam das gut an, denn gepaart mit seinen markanten Gesichtszügen und den blauen Augen strahlte er Sicherheit und Zuverlässigkeit aus. Er war der Typ Mann mit der starken Schulter zum Ausweinen.

Er verglich die zwei Frauen miteinander. Dabei fiel ihm sofort auf, dass Barbara trotz ihrer sportlichen Figur und ihrem durchaus ansehnlichen Körperbau insgesamt als weniger weiblich zu definieren war. Vielleicht lag das daran, dass sie zu sehnig und muskulös war und ihre straffen Rundungen schon rein optisch das Gefühl von Härte vermittelten anstelle der Weichheit, die man dort erwarten würde.

Es machte ihn nervös, neben ihr zu sitzen. Diese intime Vertrautheit, die so ein Saunabesuch mit sich brachte, war für ihn etwas Neues. Man bekam da Einblicke, die einem sonst nie gewährt wurden. Seine Sitznachbarin hatte als Erste zu schwitzen begonnen und rieb mit ihren Händen den Schweiß von Bauch und Schenkeln. Die Art und Weise, wie sie das tat, hatte so gar nichts Erotisches an sich. Es erschien ihm eher wie ein Akt der Reinigung, was schließlich auch den Zweck eines Saunabesuchs begründete. Nun wurde ihm auch zum ersten Mal richtig bewusst, dass Barbara gewisse archaische Züge an sich hatte und eigentlich recht gut zu Ralf gepasst hätte. Das tat seiner eigenen Bewunderung für sie keinen Abbruch.

Jenny war da ganz anders. Sie verkörperte alle Attribute, die man im Allgemeinen als attraktiv und anziehend bewertete. Lange

Beine gehörten da ebenso dazu wie die perfekt geschwungene Oberweite und die runden Hüften. Sie entsprach keineswegs dem Bild des Magermodels. Sie war eher die große, schlanke Frau mit den stimmigen Proportionen und der unglaublich reinen, glatten Haut. Es war einfach schön, sie zu betrachten. Schon allein ihre Sitzhaltung: Die Ellenbogen auf die Bank hinter sich gestützt und die Beine übereinandergeschlagen – das wirkte weitaus eleganter und femininer. Sie war der Typ Frau, der alle Blicke auf sich zog, wenn sie eine Cocktailparty besuchte, während man Barbara eher für jemanden vom Servicepersonal halten würde.

Irgendwie kam er sich wie ein Fahnenflüchtiger vor, als ihm diese Gedanken durch den Kopf gingen. Klar, Barbara war auch schön, aber eben Barbara. Eine gute Freundin, ein Kumpel, den man nicht so betrachtete wie ein hübsches Model. Michael fragte sich, wie Thomas seine Schwester sah, vor allem auch, wenn er sie mit Barbara verglich. Ob er wohl zu einem anderen Ergebnis käme? Immerhin war die eine Frau seine Schwester, und mit der anderen hatte er ein Verhältnis gehabt. Konnte man seine eigene Schwester überhaupt als sexuelles Wesen wahrnehmen? Er nahm sich vor, ihn das irgendwann einmal zu fragen.

Plötzlich stupste Barbara ihn mit dem Ellenbogen an. „Wenn du weiter so glotzt, dann fallen dir noch die Augen aus dem Kopf", zischte sie leise in sein Ohr.

„Ich glotz ja gar nicht", flüsterte er zurück und merkte aus dem Augenwinkel, dass Jenny ihnen einen interessierten Blick zuwarf.

„Mensch, Mike, mir machst du nichts vor", flüsterte sie. „Wette, dass du darauf lauerst, dass sie ihre Beine spreizt."

Mikes Gesicht zog blitzartig Farbe auf. „Babs!" Er warf ihr einen vernichtenden Blick zu und schüttelte seinen Kopf.

Sie hingegen schenkte ihm ein schmutziges Grinsen, bevor sie sich erneut zu seinem Ohr hinüberbeugte. „Sie ist glatt wie ein Baby-Popo, kein einziges Härchen", wisperte sie.

„Aufguss!" Thomas stemmte sich von der Bank hoch, holte einen Eimer, der draußen neben der Tür gestanden hatte, und schöpfte großzügig Wasser mit einem Holzlöffel auf die heißen Steine, sodass die Luftfeuchtigkeit schlagartig anstieg und als beinahe unerträglich eingestuft werden musste. „Sorry, das war wohl ein wenig übertrieben", entschuldigte sich Thomas, als ein allgemeines Raunen durch die Sauna ging.

Jenny kletterte eine Etage tiefer und setzte sich auf die unterste Stufe. Michael wandte seinen Kopf und sah automatisch zu der Stelle hin, wo sich ihre Intimzone befand. Barbara hatte recht behalten. „Oh, Gott", stöhnte Barbara neben ihm und massierte ihre glitschige Haut. „Das tut gut."

Jenny sah zu ihnen herüber, und ihre Blicke trafen sich. Als sie bemerkte, wo er hingesehen hatte, lächelte sie zu seiner Überraschung. Michael verspürte plötzlich den Drang aufzuspringen und die Sauna zu verlassen. Also schnappte er sein Handtuch und tat genau das. In der Tür stieß er beinahe mit Lena zusammen, die diese just im selben Moment von außen aufriss.

„Wo bleibt ihr?", fragte sie. Auf ihrem Gesicht lag ein Ausdruck, der beinahe schon als ängstlich eingestuft werden konnte. „Ist etwas passiert?" Dann erblickte sie Michaels Gemächt. „Jesus, Maria, Mike!"

Michael verdeckte hastig seine beginnende Erektion mit dem Handtuch. „Ist nicht weiter schlimm", erwiderte er rasch. „Das kommt von der heißen Luft. Das geht vorbei!" Hinter seinem Rücken vernahm er unterdrücktes Gekicher. Dann schob er sich an der verdutzten Lena vorbei und hastete zu den Duschen. Das kalte Wasser verfehlte seine Wirkung nicht, und die Schwellung klang rechtzeitig ab, bevor die anderen sich nach und nach zu ihm gesellten und die Nachbarkabinen belegten.

„Wollt ihr noch in den Whirlpool?", fragte Thomas, als sie im Halbkreis um Lena standen, die schon in ihren Bademantel geschlüpft war und grinsend die Ansammlung nackter Körper begaffte.

„Also, ich wäre für eine Runde Nacktschwimmen", schlug Ralf vor. „Das habe ich schon lange nicht mehr gemacht." Barbara hüpfte ungeduldig von einem Bein auf das andere. „Ich bin dabei!", rief sie aufgekratzt. „Noch wer?"

„Der Letzte ist ein Loser!", brüllte Ralf und stürmte zum Portal, das zur Schwimmhalle führte. Barbara sprintete ihm kurzentschlossen hinterher.

„Wo ist denn der Whirlpool?", fragte Michael, dem es nach der langen Dusche unter dem kalten Wasserstrahl eher nach etwas Wärme verlangte.

„Gleich ums Eck", antwortete Thomas und deutete zu einem schmalen Durchlass. „Du musst nur die beiden Schalter gleich links neben dem Torbogen einschalten. Der eine ist für die Düsen, der andere für die Beleuchtung."

Michael wartete nicht ab, ob sich ihm jemand anschloss, sondern setzte sich sofort in Bewegung. Nach wenigen Metern gelangte er zum Eingang und tastete die Wand nach den Schaltern ab. Diffuses Licht streifte durch den achteckigen Raum, nachdem er sie gefunden und betätigt hatte. Das klare Wasser begann zu kreiseln, und nach und nach bildeten sich so starke Blasen und Strömungen, dass man die Kacheln nicht mehr erkennen konnte. Michael musste erst zwei Stufen zum ebenfalls achteckigen Becken emporsteigen, ehe er in die blubbernde Wanne hineinklettern konnte. Er genoss die warmen, streichelnden Wassermassen und nutzte die Zeit, um sich zu orientieren. Es waren sechzehn Sitzplätze vorhanden, zwei an jeder Seitenwand. Er wählte denjenigen aus, von dem aus er den Einstieg am besten im Blickfeld hatte, denn er hasste es, mit dem Rücken zur Tür zu sitzen. Feine Düsen bestrahlten seinen Rücken, den Po und die Unterseite seiner Schenkel, während um seine Schultern herum das Wasser einen wilden Tanz vollführte.

„Nicht schlecht", murmelte er und beobachtete erfreut die sprudelnde Wasseroberfläche. „Gar nicht schlecht."

Plötzlich tauchte eine Gestalt aus dem Nichts am Beckenrand auf. „Und wie ist es?", fragte ihn eine weibliche Stimme.

Er kniff die Augen zusammen und erkannte Jenny, die die Stufen langsam emporstieg und dann am Pool-Rand innehielt. Sie war noch immer nackt und sah in dem warmen Licht einfach umwerfend aus. „Super", lachte er. „Einfach genial."

Jenny lächelte. „Na, dann wollen wir es mal testen", gurrte sie und stieg mit geschmeidigen Bewegungen, die an eine Raubkatze erinnerten, ins Becken. Mit jedem Schritt verschwand ein Stück ihres fantastischen Körpers in den warmen Fluten. Er beobachtete, wie ihr Kopf über die Wasseroberfläche glitt und dann den Platz zu seiner Linken wählte.

„Wo sind die anderen?", fragte er und sah zum Eingang hinüber.

„Ralf und Barbara planschen noch immer in der Halle herum, und Lena wollte unbedingt zu ihrem Zimmer zurück", antwortete sie, wobei sie die Rs besonders stark rollte.

„Und Tom?"

„Mein Bruderherz begleitet sie, ganz der edle Ritter. Lena hat irgendwas davon gefaselt, dass sie sich beobachtet fühlte, dann hat sie Panik gekriegt. Blabla ... so was in der Art."

Michael sah Jenny entsetzt an. „Wer hat sie beobachtet?"

Jenny kicherte. „Niemand! Das hat sie sich nur eingebildet. Kein Wunder bei dem ganzen Gefunkel."

Michael nickte. „Wahrscheinlich hast du recht. So ein riesiges, leeres Schwimmbad kann schon ziemlich unheimlich sein."

Er warf Jenny einen unsicheren Blick zu. „Das heißt, wir sind bloß zu zweit?"

Sie nickte. „Sieht ganz so aus." Ihre Stimme floss wie warmer Honig aus ihrem Mund. „Keine Panik, Mike, ich pass schon auf dich auf", neckte sie ihn und lachte. Es war ein tiefes, kehliges Lachen.

„Ha, ha! Sehr witzig", meinte er beleidigt. „Ich mache mir nur Sorgen um Lena."

„Tom ist ja bei ihr", entgegnete sie. „Entspann dich lieber. Wo könnte man das besser als hier? Ach, ist das nicht herrlich? Ein ganzes Thermalbad nur für uns allein." Sie hatte ihren Kopf gegen den gepolsterten Beckenrand gelehnt und blickte zur Decke hoch.

„Ja, das ist toll."

Danach schwiegen sie eine Weile und genossen die Wirkung des bewegten Wassers. Als Jenny leise seufzte, sah er zu ihr hinüber. Sie hatte ihre Augen geschlossen, und auf ihrem Gesicht lag ein seliger Ausdruck. Ihre vollen, sinnlichen Lippen waren dabei leicht geöffnet. Sein Blick glitt über ihren schlanken Hals, die Schultern, wanderte weiter über die hervortretenden Schlüsselbeine zu den Brustansätzen hinunter, bis zu der Stelle, wo die Wasseroberfläche ihren Körper schaukelnd umtanzte.

„Diese Blubber-Blasen sind ganz schön stimulierend, wenn sie die richtigen Stellen massieren, nicht wahr?", sagte sie unvermittelt und öffnete ihre Augen. Sie wandte ihm den Kopf zu. „Ja?" Michael glaubte, einen verklärten Ausdruck darin zu erkennen, dann erst wurde ihm bewusst, was sie damit meinte.

„Sag mal, hast du eine Freundin, Mike?"

Michael schluckte. „Äh, … n … nein", stotterte er und lief rot an.

„War ich schuld daran, dass du vorhin in der Sauna … sagen wir mal, so reagiert hast?", fragte sie und lächelte. „Sei ehrlich!" Nicht nur die Frage an und für sich, sondern auch die Art, wie sie ihn dabei ansah, brachte ihn in Verlegenheit.

„Ähm, ja und nein. Es ist so, dass ich vorher noch nie in der Sauna war, und ich war nicht darauf vorbereitet, dass wir nackt darin sitzen würden und … Na ja, als ich dich sah, da …" Er fand keine passenden Worte mehr.

„Mach dir nichts daraus, Mike", schmunzelte sie. „Weißt du, wie viele Männer gern mit dir tauschen würden? Mit mir in der Sauna, im Whirlpool. Du hast keine Ahnung, welche Summen mir für Nacktaufnahmen geboten werden – und noch ganz andere Sachen", vertraute sie ihm an.

„Echt?", staunte er. „Und? Hast du …?"

Jenny rollte ihren Kopf hin und her, was er als Kopfschütteln interpretierte. „Das wäre das Ende meiner Karriere. Frauen, die so etwas tun, verschwinden recht bald aus der Modelszene."

Es entstand eine kleine Pause. „Kommt so was oft vor?", fragte er schließlich.

„Manchmal hört man von der einen und der anderen, aber die meisten sind klug genug, nicht auf solche Angebote einzusteigen", erklärt sie. Dann zwinkerte sie ihm zu. „Du kannst allen Spaß der Welt haben, aber nur hinter verschlossenen Türen und ohne Kamera."

Michael schluckte trocken. „Verstehe." Sie betrachtete ihn einen Moment. Er wich ihrem Blick aus und stierte ins Wasser.

„Darf ich dich noch etwas fragen, Mike?", strömte ihm ihre warme Stimme ins Ohr.

„Was denn?", krächzte er und sah sie wieder an. „Hat dir denn gefallen, was du gesehen hast?" Ihm kam es so vor, als ob sie ein Stück näher gerückt war. Er räusperte sich. „Was für eine Frage. Du bist wunderschön. Ich meine, an dir kann man ja gar nicht vorbeischauen", gestand er. „Du bist süß", gluckste sie und lächelte breit. Sie löste sich von der Wand, um vor ihn zu gelangen. Er konnte ihre Zehen an seinen spüren. „Siehst du denn ohne deine Brille überhaupt etwas?", fragte sie ihn und lächelte. Plötzlich spürte er ihre Hände an seinen Knien. „Äh, … ja", stammelte er. „Ich brauche sie nur für die Fernsicht. Alles unter zehn Metern sehe ich scharf."

Sie tauchte langsam bis zum Mund unter, dann wieder auf und blies das Wasser von den Lippen, ohne ihn dabei aus den Augen zu lassen. „Stört es dich, wenn ich mich an dich kuschle?"

Bevor er noch etwas entgegnen konnte, drehte sie ihm ihren Rücken zu und setzte sich auf seinen Schoß. „Ist doch schön so, oder?", gurrte sie und lehnte sich schwer gegen seine Brust.

Panik machte sich in ihm breit. „Äh, Jenny? Gehen wir da nicht ein bisschen zu weit?" Seine Stimme war zu einem kläglichen Krächzen verkümmert.

„Ach, komm schon, Mike. Sei locker", kicherte sie und rutschte auf seinen Schenkeln herum. „Lass uns doch dieses Bad im Whirlpool gemeinsam genießen. Es ist gerade so angenehm."

Da sie ohnehin schon größer war als er und noch dazu auf seinem Schoß saß, berührten seine Lippen wie bei einem sanften Kuss die Haut zwischen ihren Schulterblättern. Ein Schaudern ließ seine Lenden erzittern.

„Und was ist mit Ralf?", erkundigte sich Michael, der mit dieser Situation etwas überfordert war. Er ahnte, dass das Unvermeidliche geschehen würde, wenn sie es wollte.

Sie ließ sich mit der Antwort Zeit. „Er wird es nie erfahren", flüsterte sie. „Wahrscheinlich besorgt er es gerade dieser Barbara, Ich weiß doch, wie sehr er auf diese durchtrainierten Kampfmösen steht."

Die erotische Spannung wich mit einem Schlag aus seinem Körper. „Sprich nicht so von ihr", entgegnete er erbost und wuchtete ihren Körper von seinem Schoß herunter.

„Okay, okay", lenkte sie ein und paddelte in die Mitte des Beckens. „Ich nehme die Kampfmöse zurück."

„Was hast du eigentlich gegen Babs?", erkundigte er sich in scharfem Tonfall.

Jenny schüttelte den Kopf und ließ ein bitteres Lachen hören. „Sie ist einfach nicht die Richtige für meinen Bruder. Er kennt sich mit Frauen nicht aus."

Dieses Mal schnaubte Michael verächtlich. „Ich denke, das können die beiden selbst entscheiden. Sie sind alt genug. Außerdem musst du nicht von dir auf andere schließen."

Mike stieg zornig aus dem Pool, und Jenny folgte ihm. An der Pforte holte sie ihn ein und griff nach seinem Oberarm. „Es tut mir leid. Ich wusste nicht, dass du etwas für sie empfindest."

Michael drehte sich zu ihr um. „Schon gut, Jenny. Ich bin nicht in sie verliebt. Sie ist einfach nur eine gute Freundin", stellte er klar. „Das ist alles. Barbara ist nicht so, wie du denkst. Wenn du ihr eine faire Chance gibst und sie besser kennenlernst, dann wirst auch du das erkennen." Er löschte das Licht und deaktivierte die Massagedüsen. „Lass uns zurückgehen. Die anderen werden sich schon fragen, wo wir so lange bleiben."

Während sie die Bademäntel überzogen, sah er nur flüchtig zu ihr hinüber. Sie kam ihm nun nicht mehr so fantastisch vor wie noch vor wenigen Minuten.

„Komm schon, Mike", meinte sie, als sie seinen verbitterten Gesichtsausdruck bemerkte, und hakte sich versöhnlich bei ihm unter. „Sei mir bitte nicht mehr böse. Wahrscheinlich hast du recht. Ich war egoistisch, und ich verspreche, dass ich mich nicht mehr einmischen werde."

Michael warf ihr einen verwunderten Seitenblick zu. „Woher kommt der plötzliche Gesinnungswandel?"

Sie erwiderte seinen Blick mit einem zärtlichen Lächeln. „Es ist immerhin Weihnachten, und wir wollen doch eine nette Party zusammen feiern."

***

Als die Küchentür aufschwang und Thomas die Küche betrat, fuhr Martha herum und schwang das scharfe Küchenmesser in seine Richtung. Da er einige Schritte von ihr entfernt war, ging der Stoß ins Leere, hatte aber fatale Folgen für einen Obstkorb, den die entnervte Köchin in spe unabsichtlich aufspießte. Einige Äpfel hüpften heraus und landeten auf dem Fliesenboden, wo sie sich zahlreiche Prellungen und Riss-Quetsch-Wunden zuzogen. Eine Banane erlitt eine Stichverletzung und war auf der Stelle tot.

„Tom!", kreischte Martha mit aufgerissenen Augen, in denen sich pure Verzweiflung spiegelte. „Was schleichst du dich so an mich ran?"

Lena war auf ihren Vordermann aufgelaufen und guckte verdutzt hinter seinem Rücken hervor. „Martha", fragte sie erstaunt. „Wie siehst du denn aus?"

Diese legte die *Waffe* auf den Tisch und schlug eine Hand vor den Mund. „Gott sei Dank seid ihr da", schluchzte sie und stützte sich an der Arbeitsplatte auf. „Wo wart ihr so lange?"

Thomas und Lena gingen auf ihre aufgelöste Freundin zu und beäugten sie misstrauisch. „Was ist passiert?", fragte er. In seiner Stimme schwang ein besorgter Unterton mit.

„Ich habe das Abendessen vorbereitet", schilderte Martha und zeigte auf die Tassen mit den Brötchen. „Dann hab ich diese Geräusche gehört. Erst ein Scheppern, dann ein Knarren … Da war jemand, sag ich euch. Ich dachte, du wolltest mich erschrecken." Sie zeigte auf Lena. „Aber dann, nach einer Weile, hab ich kapiert, dass keiner von euch da ist. Es war schrecklich!"

„Hier ist niemand außer uns", versuchte Thomas sie zu beschwichtigen.

„Ich hab doch gewusst, dass ich nicht spinne!", rief nun Lena und stellte sich neben Martha. Ihre Hände hatte sie kämpferisch in die Seiten gestemmt. „Ich hab dir gesagt, dass mich jemand beim Schwimmen beobachtet hat."

Thomas hob die Hände abwehrend und schüttelte den Kopf. „Hört mal her. Alle beide! Ich bin nun schon seit einer Woche hier und in dieser Zeit niemandem begegnet. Ich habe auch keine Geräusche gehört, und es ist auch sonst nichts Ungewöhnliches vorgefallen. Lena! Ich bin mit dir eine Runde durch die Schwimmhalle gegangen. Was haben wir gesehen?"

„Nichts", antwortete Lena kleinlaut.

„Aber ich habe mir das Ganze doch nicht eingebildet", schluchzte nun Martha wieder.

„Hast du denn nachgesehen?", hakte er nach.

Martha schüttelte den Kopf und atmete tief ein, bevor sie antwortete. „Ich hatte Angst. Es ist ja so dunkel hier wie in einem Affenarsch", knurrte sie.

Thomas streckte wortlos einen Arm aus und betätigte einen Schalter neben der Tür. Die Neonröhren in der gesamten Küche gingen flackernd an. Alle drei mussten wegen der plötzlichen Helligkeit blinzeln.

„Woher kamen die Geräusche?", fragte er ungeduldig.

Martha zeigte auf den Durchgang. „Aus dem Restaurant, glaube ich."

„Okay, dann sehen wir einmal nach", brummte er und steuerte die Schwingtüren an. Martha und Lena folgten ihm auf den Fuß. Er drückte einen der Flügel auf und schaltete die Lampen ein. Alle drei standen an der Tür und sahen sich um. Auf den ersten Blick war nichts Ungewöhnliches zu entdecken.

„Also, Martha", meinte Thomas und verschränkte die Arme vor der Brust. „Wo sind denn nun deine Eindringlinge?"

Martha hastete mit ein paar schnellen Schritten auf einen Servierwagen zu und hob eine Platte vom Boden auf. Triumphierend präsentierte sie das Beweisstück. „Das war das Scheppern", fauchte sie.

Thomas kratzte sich am Kinnbart. „Gut, und was beweist das?"

„Jemand hat es runtergeschmissen", zischte sie ihn an. „Das ist doch klar wie Kloßbrühe!" Sie wedelte mit dem Blechteil vor seiner Nase herum, um ihrem Argument mehr Gewicht zu verleihen.

Er schmunzelte. „Das kann auch von allein ins Rutschen gekommen sein."

„Vielleicht ein Tier", schaltete sich Lena nun ein und suchte den Boden nach etwas Lebendigem ab.

„Hier kommen keine Tiere rein. Alle Fenster sind geschlossen", widersprach er. „Außerdem gibt es um diese Jahreszeit keine Tiere. Nicht in diesen Höhen." Martha knallte die Platte auf den überfüllten Servierwagen zurück. „Und was ist mit dem Knarren?"

„Woher kam das?"

„Was weiß ich!", brüllte Martha. „Ich bin doch nicht diese Scheiß- Miss-Marple!"

Lena kicherte.

„Was ist denn eigentlich mit deinem Pullover und deinen Haaren passiert?", erkundigte sich Thomas. „Du bist ja klatschnass."

Nun musste Martha grinsen. „Das kommt davon, wenn man versucht, Sekt aus der Flasche zu trinken", erklärte sie zähneknirschend. „Übrigens, ich kann deine Liane sehen."

„Was?", fragte er stirnrunzelnd.

„Dein Glockenspiel", sagte sie und zeigte auf sein Geschlecht, das sichtbar herabhängte, da der Bademantel im Eifer der Ermittlungen auseinandergefallen war.

„Oh, danke." Er verknotete den Gürtel neu.

Plötzlich kam das Servierbrett ins Rutschen und fiel scheppernd auf den Boden. Alle drei zuckten erschrocken zusammen.

„Jesus, Maria", sagte Lena. „Jetzt ist mir aber ein Achtel in die Hose abgegangen."

„Bei deiner knappen Bekleidung ist sie jetzt vermutlich randvoll", bemerkte Martha spitz und deutete auf Lenas Calvin-Klein-Bikini, der unter dem offenen Bademantel hervor lugte. Sie lachten.

Thomas klopfte Martha auf den Rücken. „Na, da hat wohl jemand ein Tröpfchen zu viel erwischt", meinte er tadelnd.

„Zu dem Zeitpunkt waren es gerade mal zwei Sekt-Orange", setzte sie sich zur Wehr. „Aber ich muss zugeben, vielleicht habe ich etwas überreagiert." Sie war erleichtert, dass sich alles in Wohlgefallen aufgelöst hatte.

Thomas hob das widerspenstige Tableau auf und deponierte es auf einem der Restauranttische. „Damit nichts mehr passieren kann. Hier ist es sicher." Er schob den Serviertisch in Richtung Schwingtür. „Ich schlage vor, wir nehmen unser Mahl in einer der Suiten ein."

Nachdem sie die vorbereiteten Brötchen, Getränke und ein paar Flaschen Sekt aufgeladen hatten, verfrachteten sie das rollende *Buffet* in Marthas Zimmer. „Ich gehe mich dann mal umziehen", trällerte Lena und hopste aus dem Raum.

„Du musst nicht bleiben", brummte Martha Thomas zu und fuchtelte mit der Hand in Richtung Ausgang. „Ich komm schon allein zurecht. Sonst könnte es passieren, dass ich dir den Bademantel vom Leib reiße und mich auf dich stürze, Tarzan!"

„Bis gleich", grinste er und verschwand. Kurz darauf tauchte sein Kopf wieder am Türrahmen auf. „Übrigens!"

Martha zuckte zusammen und griff sich an die linke Brust. „Tom!"

„Wenn du wieder ein Geräusch hörst, dann ruf mich. Ich sehe inzwischen nach den anderen", sagte er.

Martha nahm ein Zierpolster von der Couch und warf damit nach ihm. Es segelte auf den Gang hinaus. „Blödmann", zischte sie ihm nach, als sie ihn kichern hörte.

4 DIE RIVALINNEN

In der Lobby kam ihm Barbara entgegen. Ihr Gesichtsausdruck verhieß nichts Gutes. „Babs! Welche Laus ist denn dir über die Leber gelaufen?"

Sie warf ihm einen wütenden Blick zu. „Eine etwa zweihundert Pfund schwere namens Ralf", brummte sie.

„Was ist passiert?", fragte er, und ihm fiel auf, dass er sich wiederholte.

„Du wirst es nicht glauben", zischte sie. „Wir waren doch gemeinsam schwimmen. Da fängt er auf einmal an, mir Komplimente zu machen, wegen meiner tollen Figur und so, und wir quatschen über Fitnessprogramme, Diäten, ganz nett eigentlich, und dann fragt er mich, was ich von Unterwassersport halten würde, und ich frag ihn, welche Sportart er genau meinen würde. Na ja, meint er, was man halt so unter Wasser spielen könnte ..."

„Er hat dich angebaggert", sagte Thomas belustigt.

„Grins nicht so blöd", fuhr sie ihn an und sah sich nach allen Seiten um. „Am Anfang hab ich natürlich nicht geschnallt, was er meint und ihn danach gefragt. Da sagt er, er zeigt es mir. Und ich blöde Kuh bin ihm fast auf den Leim gegangen."

„Lass uns auf mein Zimmer gehen", schlug Thomas vor und führte sie um den Tresen herum in seine Dienstwohnung. Dort setzte sie sich auf das ungemachte Bett, zog die Beine an und umschlang diese mit den Armen. „Was geschah weiter?", fragte er besorgt.

Barbara wischte sich mit einem Ärmel über das Gesicht. „Er lotst mich zum Beckenrand. Dann beginnt er, von hinten meine Brüste zu begrapschen und meint: Zwei Bälle hätten wir schon."

Thomas zwirbelte sichtlich schockiert seinen Kinnbart. „Was hast du gemacht?"

„Na was wohl?", knurrte sie. „Du kennst mich ja. Ich hab ihm meinen Hinterkopf auf seine Nase gedroschen und bin abgehauen."

Thomas lief in dem kleinen Zimmer aufgeregt auf und ab.

„Und was war mit ihm?", fragte er.

„Was mit ihm war? Fragst du das im Ernst? Das war mir scheißegal in dem Moment!", brüllte Barbara. „Von mir aus kann das Arschloch ersaufen! Er wollte mich vergewaltigen, Tom! Ich bin natürlich abgehauen, erst einmal auf die Toilette, dann durch den ersten Ausgang, den ich finden konnte."

Er setzte sich neben sie und kaute auf seiner Unterlippe. „Geht es dir gut? Hat er dich irgendwo verletzt?"

„Nein, es geht mir gut."

„Hat er, ist er, ich meine …"

„Nein, das hat er versucht, aber ich habe dieses beschissene Spiel wohl gewonnen", fiel sie ihm ins Wort.

Thomas überlegte. Er umarmte Barbara, und sie kuschelte sich an ihn. „Was machen wir jetzt?", fragte er nach einer Weile.

„Blöde Situation", meinte sie. „Warum hast du deine Schwester überhaupt eingeladen? Die hat dieses Arschloch hier angeschleppt."

„Sie ist meine Schwester, Babs. Ich konnte ja nicht ahnen, dass das so ein schräger Typ ist."

„Dann sollte es ihr vielleicht jemand sagen", schlug sie vor.

„Du meinst, ich soll mit ihr reden?" Thomas schluckte. Bei dem Gedanken war ihm nicht wohl.

Barbara schnaubte. „Ich werde es wohl schwer tun können, nach allem, was war."

Thomas seufzte resigniert. „Soll ich ihn rausschmeißen?"

„Das wäre wohl das Beste", sagte sie. „Sonst fahre ich nach Hause."

Er nickte. „Okay, ich mache es. Warte kurz, ich ziehe mir nur schnell was über, dann begleite ich dich auf dein Zimmer."

„Danke."

„Kein Problem, Babs, du weißt, ich bin immer für dich da."

Sie beobachtete ihn, wie er den Bademantel ablegte und in sein Gewand schlüpfte – Jeans, T-Shirt und einen Kapuzen-Sweater.

„Tom?" Ihre Stimme klang nun weicher, sanfter als vorhin.

„Ja?", fragte er, ohne sie anzusehen.

„Warum hat das mit uns eigentlich nicht geklappt?" Sie schniefte.

Er drehte sich zu Barbara um und sah, dass Tränen über ihre Wangen liefen. „Ach, Babs", flüsterte er und kniete sich vor sie hin. Sie beugte sich vor und umarmte ihn. „Wir klären das später. Lass uns erst einmal das andere Problem lösen", schlug er vor. Sie nickte schwach. „Okay." Er stand auf und zog sie am Arm hoch. Dann verließen sie das Zimmer.

Als sie vor der Tür zu Barbaras Suite angekommen waren, kamen ihnen Jenny und Michael entgegen. Sie hatte sich noch immer bei ihm eingehängt, und die beiden schienen vergnügt miteinander zu plaudern. Bei dem Anblick zog sich Barbaras Magen zu einem Eisklumpen zusammen. Als Jenny ihren Bruder und sie erblickte, wurde ihr Gesicht ernst. Sie zog ihren Arm weg und wollte kehrtmachen.

„Jenny!", rief Thomas ihr nach. „ich muss mit dir reden!"

Seine Schwester bemühte sich um ein Lächeln und folgte Barbara und Thomas in die Suite. „Wie du willst, Brüderchen."

Als Michael Anstalten machte mitzukommen, schickte Thomas ihn weg. „Tut mir leid, Kumpel, da ist etwas, das ich gerne mit ihr allein besprechen würde."

Michael blickte zu Barbara und sah, dass sie geweint hatte. „Was ist los? War was mit Ralf?"

Barbara wollte antworten, doch Thomas fiel ihr ins Wort. „Bitte, zieh dich um, Mike. Wir treffen uns nachher bei Martha."

Michael nickte mit zusammengekniffenen Augen. Thomas bemerkte, dass dieser die Hände zu Fäusten geballt hatte, als er sich umdrehte und ohne ein weiteres Wort in sein Zimmer ging.

Thomas schloss die Tür. Barbara saß auf der Bettkante, und Jenny hatte sich hinter der Couch aufgepflanzt. Dort stand sie mit verschränkten Armen und starrte ihre Kontrahentin giftig an. Jene erwiderte den unfreundlichen Blick nicht weniger kampflustig. Die beiden erinnerten ihn an zwei Kampfhunde, die es nicht erwarten konnten, von der Leine gelassen zu werden. Er seufzte.

„Was gibt's?", fragte Jenny und sah ihn unverwandt an.

„Ich mach's kurz. Ralf hat versucht, Barbara zu vergewaltigen."
Jennys Unterkiefer klappte herunter. Sie hatte mit etwas ganz
anderem gerechnet. Umso schwerer traf sie dieser Schlag. Doch
sie ging nicht zu Boden. Sie taumelte kurz und stützte sich an
der Sofalehne ab. „Das kann nicht sein", keuchte sie. „Sie lügt!"
„Ich glaube ihr", entgegnete Thomas mit ruhiger Stimme.
„Sie hat sich das nur ausgedacht, weil sie einen Keil zwischen
uns treiben will. Tom! Ich habe dich schon damals vor ihr ge-
warnt. Ihr kann man nicht trauen", sagte Jenny.

Barbara sprang auf. „Hab ich nicht! Dein feiner Herr Ralf
hat sich an mich rangemacht, als wir schwimmen waren!", schrie
sie zurück.

„Ja, klar", schnaubte Jenny mit hochrotem Kopf. „Wahrscheinlich war es genau umgekehrt."

„Jenny, hör dir doch einmal an, was sie mir erzählt hat", redete Tom dazwischen.

„Was sie dir erzählt hat", konterte seine Schwester. „Dir konnte
man ja schon immer das Blaue vom Himmel erzählen. Die kleine Schlampe wird mit ihrem nackten Hintern vor ihm herum-
gewedelt haben, und er hat sie abblitzen lassen. Warum sollte er
sie vögeln wollen, wenn er mich haben kann?"

Beim letzten Satz ging die Tür auf, und Lena und Martha
strömten herein. Letztere hielt ein Brötchen in der einen und
eine Sektflöte in der anderen Hand.

„Wen nennst du hier Schlampe?", fauchte Barbara soeben.
„Du treibst es doch mit jedem Zweibeiner, der nicht bei drei auf
dem Baum ist!"

„Das nimmst du zurück!"

„Niemals!"

Wie auf Kommando stürmten die beiden Kontrahentinnen
aufeinander los und verkrallten sich in den Bademantel der anderen. Thomas eilte auf die Kämpfenden zu und versuchte sie
voneinander zu trennen. „Hört auf!", brüllte er. Es wurde gezerrt und getreten. Thomas verlor das Gleichgewicht und stürzte
rückwärts mit Jennys Bademantel in der Hand über einen Stuhl,
der krachend unter seinem Gewicht nachgab. Holz splitterte.

„Wow", entfuhr es Martha, was ihr von Lena einen missbilligenden Blick einbrachte. Trotzdem ließ sie es sich nicht nehmen und biss ein Stück von dem Brötchen ab.

Barbara landete unterdessen einen satten Treffer in Jennys Magengrube, sodass es laut und vernehmlich klatschte. „Schlange!", kreischte sie. Jenny krümmte sich, nahm Anlauf und rammte Barbara die Schulter in den Unterleib, was beide zu Fall brachte. Sie kam auf Barbara zu liegen und landete einen Faustschlag in ihrem Gesicht. Begleitet wurde diese Attacke mit einem gebrüllten *Miststück!*

„Steh nicht rum und glotz blöd. Tu doch was!", fuhr Lena Michael an, der plötzlich hinter ihnen auftauchte. Sie rüttelte ihn am Arm, um ihren Worten Nachdruck zu verleihen. Michael torkelte auf die beiden am Boden liegenden Frauen zu. Barbara gelang es, Jennys Unterarme zu packen und wälzte sich herum. Nun kugelten die beiden auf Michael, den Retter, zu, der es schaffte, bei seinem unbeholfenem Ausweichmanöver über Thomas zu stolpern, der gerade im Begriff gewesen war, sich aufzurappeln. Nun lagen vier Personen auf dem Boden, wobei nur zwei miteinander kämpften.

Martha genehmigte sich einen Schluck aus der Sektflöte. „Gut gemacht!", rief sie euphorisch.

Barbara setzte sich rittlings auf Jennys Bauch und drückte ihre Hände auf den Boden. Jenny versuchte sich zu befreien, indem sie ihr Becken hochstemmte. „Und wenn du es nicht glauben willst!", schrie Barbara Jenny ins Gesicht. „Ralf hat es trotzdem getan!"

„Was getan?", fragte Martha Lena.

„Er hat versucht, sie zu vergewaltigen", antwortete diese.

Martha trank das Glas leer und sah sich um. „Und wo ist denn jetzt der Herr Vergewaltiger?"

„Keine Ahnung."

Michael und Thomas waren wieder auf die Beine gekommen und zerrten die beiden Amazonen auseinander. „Lass mich los!", kreischte Jenny hysterisch und wand sich aus den Armen ihres Bruders. Wütend stürmte sie zwischen den Zuseherinnen hindurch aus dem Zimmer. Dabei schlug sie mit der Schulter gegen Marthas Hand, und das restliche Brötchen landete auf dem Teppich.

„Immer auf die Butterseite", stellte diese bestürzt fest und bedauerte es, den letzten Bissen nicht gleich verzehrt zu haben.

„Seid ihr denn alle übergeschnappt?", fragte Thomas und sah seine Freunde der Reihe nach an.

„Liegt vielleicht an der Bergluft. Reizklima nennt man das, hab ich gehört", ätzte Martha.

„Mike, du kannst mich jetzt loslassen", keuchte Barbara. Michael stand noch immer hinter Barbara und hatte seine Arme um ihre Taille geschlungen. Er öffnete seinen Klammergriff.

„Alles okay?", erkundigte sich Thomas bei ihr.

„Ich denke schon", sagte sie und stolperte zu dem Stuhl, auf dem ihr Gewand hing.

„Wo ist denn jetzt das Objekt des ganzen Aufruhrs?", fragte Lena. Ihr Blick wanderte von einem zum Nächsten. Sie blickte in ratlose Gesichter. „Ralf, der Muskelmann", legte sie daher nach.

„Das letzte Mal habe ich ihn im Pool gesehen", antwortete Barbara ruhig, während sie ihre Kleidung an sich raffte.

Michael hatte seine Brille abgenommen und putzte die Gläser mit seinem T-Shirt. „Dann schlage ich vor, wir gehen ihn suchen."

„Das machen wir", bekräftigte Thomas. „Aber wir bleiben zusammen."

„Ich gehe auf keinen Fall mit", protestierte Barbara und verschwand mit dem Bündel unterm Arm im Badezimmer.

Während Thomas und Michael ihr nachgingen, verließ Martha die Suite. „Wo willst du hin?", rief Lena ihr bestürzt nach. „Wir sollen doch zusammenbleiben!"

Martha hob ihr leeres Glas. „Ich sitze auf dem Trockenen. Außerdem muss ich mal ganz dringend. Ich bin nebenan."

„Und was ist mit Ralf?"

Martha lachte zynisch. „Soll der nur hier auftauchen, dann verpass ich ihm eine." Mit diesen Worten verschwand sie in ihrem Zimmer.

Lena blickte zu den Jungs hinüber, die an der Badezimmertür standen und abwechselnd auf Barbara einredeten. „Mike! Ich geh mal kurz pinkeln."

Michael sah kurz zu ihr herüber und nickte knapp. „Ist gut."

Zehn Minuten später kam Martha zurück. Ihr Glas war frisch aufgefüllt, und sie setzte sich zu Thomas und Michael auf die Couch. „Was ist jetzt, ihr Helden", brummte sie, „gehen wir auf Ganovenjagd, oder nicht?"

Thomas seufzte. „Barbara ist gleich so weit."

„Und wo ist die Bohnenstange?", bohrte sie weiter und sah sich nach Lena um.

„Auf dem Klo", antwortete Michael kraftlos.

Barbara kam aus dem Bad. Ihre Miene war gefasst. „Okay, von mir aus können wir", sagte sie.

Der Rest erhob sich von den Sitzen, und sie strebten auf die Tür zu. Beinahe wären sie mit Lena zusammengestoßen, die im selben Augenblick in die Suite hereinwollte. „Und was ist mit Jenny?", fragte diese und sah den leeren Flur entlang.

„Die lassen wir am besten erst mal in Ruhe", meinte Thomas nachdenklich. „Vielleicht kommt sie ja zur Vernunft."

„Sollten wir uns denn nicht vergewissern, ob Ralf nicht schon längst auf seinem Zimmer ist?", schaltete sich Martha ein. „Ich mein ja nur, bevor wir durchs ganze Hotel laufen."

Thomas nickte. „Das liegt praktisch auf dem Weg." Martha leerte das Glas bis auf den letzten Tropfen, bevor sie den anderen folgte.

Die Tür zu Jennys Suite war abgeschlossen. Thomas klopfte. „Haut ab!", lautete die schroffe Antwort von der anderen Seite. Die Stimme drang nur gedämpft durch das massive Holz.

„Hi, Jen! Ich bin's, Tom. Ist Ralf bei dir?"

„Nein!"

„Okay, hör zu, Jen! Wir suchen ihn jetzt, mach niemandem auf."

Keine Antwort. „Jen?"

„Haut ab!"

Er gab den anderen ein Zeichen, und der Suchtrupp setzte sich abermals in Bewegung.

„Wisst ihr, jetzt bin ich froh, dass ich mitgekommen bin", trällerte Martha fröhlich, die noch immer die leere Sektflöte in der Hand hielt. Sie war schon leicht beschwipst, was man ihr auch anmerkte. „Das Weihnachtsprogramm im Fernsehen ist ohnehin langweilig, das kann man von unserer kleinen Party nicht behaupten."

„Martha, du bist unmöglich", schalt Lena sie. „Nach allem, was passiert ist."

„Ich kann mir auch Schöneres vorstellen", herrschte Barbara das Schlusslicht an.

„Lasst sie doch in Ruhe", mischte Michael sich ein. „Sie kann schließlich nichts dafür."

Sie strömten in die Schwimmhalle, wo das Wasser unbeeindruckt vor sich hin gurgelte. „Wo ist denn nur unser Ralfileiiin?", durchschnitt Marthas Sopran die stille Wasserwelt wie ein Gongschlag die Friedhofsruhe.

„Martha, schscht!", zischte Thomas. „Wenn er wirklich Dreck am Stecken hat, wird er sich hüten, uns zu begegnen."

„Wir sind ja kein Lynch-Mob", entgegnete sie. „Wir wollen ihn nur höflich bitten, diese heiligen Hallen, die er entweiht hat, zu verlassen."

„Hier habe ich ihn ausgeknockt", sagte Barbara und postierte sich am Beckenrand. Alle blickten auf die glatte Wasseroberfläche.

„Zwei Kämpfe, zwei Siege. Keine schlechte Bilanz", witzelte Martha, die einfach nicht zu bremsen war. „Babs, du bist meine Heldin des Tages."

„Was war denn bloß in dem Sekt?", fragte Barbara. „Wenn du nicht bald dein Plappermaul hältst, bist du die Nummer drei."

Thomas überlegte. „Also die Strömung ist zwar nur ganz leicht, aber sie läuft in diese Richtung. Gehen wir da lang."

„Suchen wir etwa eine Leiche?", fragte Michael baff.

„Nicht unbedingt, aber es ist die am leichtesten auszuschließende Alternative", erklärte Thomas. „Wenn er nicht im Pool ist, dann können wir wenigstens sicher sein, dass er sich vor uns versteckt."

Instinktiv drehten die anderen ihre Köpfe nach allen Richtungen. Vorsichtig gingen die fünf Freunde am Beckenrand entlang und erreichten dessen Ende, wo das Wasser ganz langsam durch einen Abfluss ausströmte.

„Da drüben!", rief Lena. Alle Augen folgten ihrem ausgestreckten Arm. Ralfs Körper trieb einige Meter von ihnen entfernt mit dem Gesicht nach oben im Pool. Sie hatten ihn nicht früher entdeckt, da nur sein Kopf herausragte. Sein Körper wurde vom Sog des abfließenden Wassers gegen die Wand gedrückt und schaukelte sanft auf und ab. Hin und wieder neigte er sich zur Seite und tauchte ab, ehe er wieder die Oberfläche durchbrach. Plötzlich redeten alle wirr durcheinander. „Verdammt, er ist es." „Ist er tot?" „Sieht ganz so aus." „Seid ihr sicher?" Die Worte hallten von der Kuppel wider und vermischten sich zu einem gespenstischen Chor.

„Wenn er nicht gerade versucht, den Weltrekord im Apnoe-Tauchen einzustellen, dann würde ich behaupten: mausetot!" Das war Martha. Sie schien als Einzige unbeeindruckt zu sein. Ihre laute Stimme durchschnitt die Halle und beendete das Durcheinander.

„Wir müssen ihn da rausholen", meinte Lena mit blassem Gesicht. Sie hatte die Hand vor den Mund geschlagen und konnte den Blick nicht von dem im Wasser schaukelnden Kopf abwenden, so gerne sie das auch getan hätte.

„Lasst ihn verrotten", knurrte Martha. Sie stand etwas abseits, die Arme in die Hüften gestemmt. In der diffusen Beleuchtung mit all dem Gefunkel sah sie aus wie eine Walküre.

„Ich tu es", entschied Barbara. „Immerhin hab ich ihn umgebracht." Sie begann, sich hektisch auszukleiden. Außer ihr rührte sich niemand. Es schien, als hätte der Schock die Freunde gelähmt.

Als sie in Unterhosen vor ihm stand, streckte Thomas seinen Arm aus. „Barbara", sagte er leise und drückte ihre Schulter. „Es war ein Unfall, du hast dich nur gewehrt. Außerdem muss er nicht unbedingt tot sein."

„Das musst du mir nicht erzählen, ich war schließlich dabei."

Sie sprang hinein. Mit wenigen Zügen hatte sie den Leichnam erreicht und zog ihn zum Beckenrand. Alle, bis auf Martha, halfen, den schweren Körper zu bergen. Barbara kletterte aus dem Pool und beugte sich über ihn. Mit den geschlossenen Augen und dem entspannten Unterkiefer sah Ralf aus, als würde er schlafen. „Verdammt, wie konnte das nur passieren?", fragte sie und schlug mit der flachen Hand auf den Fliesenboden. Das Wasser, das sich in einer Pfütze gesammelt hatte, spritzte in alle Richtungen und benetzte die Hosenbeine der anderen.

„Wie es aussieht, hast du ihm das Nasenbein gebrochen und ins Gehirn geschoben", antwortete Michael, nachdem er sich ein Bild vom Zustand der Nase gemacht hatte. Er drückte zwei Finger an den Hals, schüttelte den Kopf. „Kein Puls." Als er den Schädel der Leiche zur Seite drehte, um ihn genauer unter die Lupe zu nehmen, ergoss sich ein Schwall aus dem Mund.

„So fest war der Schlag ja gar nicht", verteidigte sie sich und rieb mit den Fingern über ihren Hinterkopf, wo sie eine kleine Beule ertastete.

„Wenn der Winkel passt, dann kann das schon mal vorkommen", erklärte Michael.

„Ich denke, er hat das Bewusstsein verloren und ist ertrunken", sagte Thomas. Der Schock stand ihm ins Gesicht geschrieben. „So ein Nasenstüber kann einen Kerl wie ihn ausknocken, aber nicht umbringen."

„Scheißkerl!", brüllte Barbara und trommelte mit den Fäusten auf die muskulöse Brust. „Wieso konntest du deinen Schwanz nicht in der Hose behalten?"

Tränen der Wut und Verzweiflung sammelten sich in ihren Augen. Sie erhob sich und wischte sie mit dem Handrücken fort. Lena, die nicht weniger aufgeregt war, legte mitfühlend eine Hand auf ihren Nacken.

Aus Marthas Richtung erklang ein verächtliches „Ha!"

„Was machen wir jetzt?", fragte Lena und sah die anderen der Reihe nach an. „Wir können ihn ja nicht so liegen lassen."

„Wir packen ihn auf eine der Liegen", entschied Thomas. „Dann fahren wir ihn hinaus ins Freie, am besten durch die Tür dort drüben."

„Du willst die Leiche verschwinden lassen?", fragte Lena. Ihr Gesicht wirkte noch eine Spur blasser als sonst.

„Nein, aber hier drinnen können wir ihn auf keinen Fall lassen. Draußen hat es Temperaturen unter dem Gefrierpunkt, da können wir ihn konservieren."

„Wozu?", fragte Michael. „Rufen wir doch einen Krankenwagen oder die Polizei."

„Schon vergessen? Kein Telefon", ätzte Martha aus der Distanz.

„Was ist mit Festnetz?", fragte Barbara, die unterdessen in ihre Kleidung schlüpfte.

„Funktioniert auch noch nicht", klärte Thomas die anderen auf. „Wenn wir ihn also nicht eigenhändig in einem unserer Autos ins Tal transportieren wollen, werden wir wohl oder übel warten müssen, bis der Verbindungsmann herauf kommt."

„Verbindungsmann?", fragte Lena skeptisch. „Was ist denn das?"

„Ein Typ kommt zweimal die Woche vom Tal herauf, jeden Montag und Freitagmorgen, um nach dem Rechten zu sehen und Lebensmittel zu bringen. Er heißt Hans Ruprechter. Den könnten wir bitten, die Polizei zu verständigen."

„Morgen ist Freitag", meinte Barbara. „Ich denke, wir werden warten, oder möchte jemand noch heute Nacht da runter?" Alle schüttelten den Kopf. „Also tun wir es!"

Bis auf Martha packten alle mit an und hievten den Toten auf eine Liege. Thomas karrte ihn zum Notausgang und schob ihn durch die Tür, die Michael aufhielt, nach draußen. Kalter Wind fegte feine Schneekristalle in die Schwimmhalle, wo sie sofort schmolzen.

„Wie es aussieht, bekommen wir heute Nacht noch jede Menge Schnee", bemerkte Michael und blinzelte in die Dunkelheit, die sich jenseits des Lichtschimmers, das vom Hotel ausging, ausgebreitet hatte. Die Gläser seiner Brille beschlugen sich. Er nahm sie ab und wischte sie an seinem Shirt trocken.

„Hurra!", rief Martha entzückt und klatschte in die Hände. „Weiße Weihnachten! Morgen ist Heiligabend. Was denkt ihr, wie erfreut die Polizisten sein werden, wenn wir ihnen ausgerechnet vor den Feiertagen eine Leiche präsentieren?"

„Das können wir jetzt auch nicht mehr ändern", seufzte Barbara.

Lena brachte ein paar Badetücher, die sie von einem Stapel genommen hatte, und zwängte sich an Martha vorbei, die untätig in der Tür stand und diese blockierte. „Decken wir ihn wenigstens zu."

„Hast du etwa Angst, dass er erfriert?"

Lena fuhr zu ihr herum. „Wenn du nicht mithelfen willst, dann halt gefälligst deine Klappe, Fettsack!"

Martha drehte sich eingeschnappt um und verschwand im Inneren. „Hühnerbrust", murmelte sie grimmig. Durch die Glasscheibe beobachtete sie mit verschränkten Armen, wie die anderen gemeinsam den Leichnam einwickelten, bis er aussah wie eine ägyptische Mumie.

Michael fand eine Gartenplane, die eingerollt bei einer Beeteinfassung gelegen hatte. „Werfen wir das Ding auch noch drüber", schlug er vor.

Als der Tote versorgt war, gingen sie wieder hinein. Barbara, die noch nasse Haare von der Bergungsaktion hatte, zitterte wie Espenlaub.

„Wer sagt es Jenny?", stellte Michael die unausweichliche Frage.

„Ich mach es. Ich bin schließlich ihr Bruder", antwortete Thomas und verriegelte die Tür. Dabei blickte er Barbara fest in die Augen und nickte ihr aufmunternd zu.

Von Weihnachtsstimmung war keine Spur zu erkennen, als sich die kleine Gruppe wortkarg auf den Rückweg zu den Suiten machte. Thomas schickte die anderen weg, bevor er an Jennys Zimmertür klopfte.

„Jenny, ich bin es, Tom", sagte er. „Mach bitte auf. Es ist wegen Ralf. Wir haben ihn gefunden." Seine Stimme klang hohl zu ihnen herüber, während sich der Rest der Clique in Marthas Zimmer verkroch.

Die *Gastgeberin* stürzte sich sofort auf den Sekt. „Will noch jemand?", fragte sie und verteilte, ohne auf eine Antwort zu warten, den Inhalt einer Flasche auf die bereitgestellten Gläser.

5.1 JENNY

Sie öffnete die Tür und konnte von seinem Gesicht ablesen, dass er keine guten Nachrichten brachte.

„Was ist mit ihm?"

„Er ist tot … ertrunken."

Die Worte kamen bei ihr an. Dennoch brauchte sie ein paar Herzschläge, bis sie sich der wahren Bedeutung dieses Satzes bewusst wurde. *Er ist tot.* Überrascht stellte sie fest, dass die Nachricht von Ralfs Ableben keine nennenswerte Reaktion in ihrem Innersten hervorrief. Sie fühlte sich leer, empfindungslos. Der Kampf mit ihrer *Rivalin* um die Gunst ihres Bruders hatte etwas in ihr ausgelöst, einen unsichtbaren Schalter umgelegt. Ralf war ihr egal. Sein Tod eine akzeptable Lösung. Sie war über seine Sprunghaftigkeit im Bilde gewesen, wusste, dass er jedem Model nachstellte, das mit ihm flirtete. Das gehörte zum Business.

Ihr Bruder war anders. Er gehörte ihr allein. Die Verbindung zu ihm war etwas Besonderes, etwas, das sie nicht verlieren wollte. Es brach ihr fast das Herz, als sie ihn sah, sein Gesicht beladen mit Selbstvorwürfen.

Sie ging zur Couch, setzte mechanisch einen Fuß vor den anderen, ließ sich auf der dicken Polsterung nieder, versank förmlich darin. Die weiche Umarmung beruhigte sie. Thomas setzte sich ihr gegenüber auf einen Stuhl, beugte sich vor und ergriff ihre Hände. Wie sie diese Berührungen liebte. Nur auf diese Weise fühlte sie sich wirklich mit ihm verbunden.

„Es war ein Unfall", hörte sie ihn sagen. „Es war so, wie Barbara erzählt hat." Er blickte sie mit seinen Dackelaugen an. Sie erkannte sich selbst darin. „Ich kann nichts ungeschehen machen", redete er weiter. „Es ist eine Scheiß-Situation, aber ich werde Barbara jetzt nicht im Stich lassen. Ich liebe sie. Das ist mir heute klar geworden. Wenn du damit ein Problem hast, dann ist das allein deine Sache, Jen."

In jenem Augenblick erkannte sie, was sie tun musste, damit er sie nicht noch einmal verlassen konnte.

„Ist schon okay, Tom", sagte sie. Ihre Stimme war kaum mehr als ein Flüstern, kam als honigsüßes Versprechen über ihre Lippen. „Ich werde mich nicht mehr zwischen euch stellen. Ralf war sowieso ein fieses Arschloch. Um den ist es nicht schade." Sie schaffte sogar ein Lächeln, um ihre Worte zu untermauern.

Ihr Bruder nahm sie in die Arme. Es tat gut, ihm so nahe zu sein. Er war ein Teil von ihr, so wie sie ein Teil von ihm war, immer sein würde.

„Was hältst du davon, wenn wir zu den anderen hinübergehen, Jen?"

Sie löste sich von ihm, drückte seine warmen Hände ein letztes Mal. „Lass mir noch ein wenig Zeit. Geh du schon mal vor. Ich komme nach."

Er nickte, stand auf und drehte sich an der Tür noch einmal zu ihr um. „Geht es dir wirklich gut?"

Sie fühlte den Stich in ihrem Herzen. „Ja, Bruderherz. Alles okay!"

5.2 THOMAS

Gedämpfte Stimmen und Gelächter drangen durch die Tür auf den Flur heraus. Er legte die Hand auf die Klinke und atmete tief durch. Jennys Reaktion überraschte ihn. Sie hatte mit keiner Wimper gezuckt, als er ihr die Nachricht von Ralfs Tod überbrachte. Dennoch hatte er ihre Verletzlichkeit gespürt, während er sie in seinen Armen hielt. Nach außen hin spielte sie die Rolle der starken, selbstbewussten Frau, doch er wusste, wie es tief in ihrem Inneren aussah. Dort versteckte sich das kleine, verängstigte Mädchen nach wie vor, das sich damals eine Zuflucht vor dem tyrannischen Vater geschaffen hatte. Nach dem Tod der geliebten Mutter war ihr nur noch der Bruder geblieben, an den sie sich verzweifelt geklammert hatte. Den Erzeuger hatte man ins Zuchthaus gesteckt, wo er von einem anderen Häftling bei einem Streit erstochen worden war. Er hatte seine späte und gerechte Strafe erhalten. Mutter machte das nicht wieder lebendig, aber die Kinder waren von der drückenden Last befreit worden.

Als Vermächtnis hatte Vater ihnen die gegenseitige Abhängigkeit hinterlassen. Sie waren zwei seelische Wracks gewesen, denen es nur allmählich gelang, die schrecklichen Erlebnisse aufzuarbeiten. Thomas dachte, er hätte sich längst davon befreit, aber nun befürchtete er, dass die Schatten der Vergangenheit ihn wieder einholen würden. Warum war alles so kompliziert? Warum nur konnte Jenny nicht loslassen und Barbara als Freundin akzeptieren? Gönnte sie ihm sein Glück nicht? Er hatte nie das Gefühl der Eifersucht empfunden, wenn seine Schwester ihm einen neuen Freund vorstellte. Im Gegenteil. Jedes Mal hatte er gehofft, dass er ihrer Umklammerung endlich entkommen war. Seine Freiheit war nie von langer Dauer gewesen. Jennys Beziehungen waren stets ebenso schnell vorbei, wie sie begannen. Manchmal fragte er sich, ob sie überhaupt fähig war, einen anderen Menschen zu lieben. Er machte ihr deswegen keine Vorwürfe, denn er wusste, wie sehr sie all die Jahre gelitten hatte.

Aber dieses Mal würde er Barbara nicht wieder aufgeben. Er wollte nie wieder zwischen zwei Frauen entscheiden müssen. Seine Wahl war getroffen. Jenny würde sich damit abfinden müssen. Was hatte sie zu ihm gesagt? *Ich werde mich nicht mehr zwischen euch stellen.* Wie gerne würde er diesem Versprechen Glauben schenken.

Aufgeregtes Gemurmel drang durch die Tür auf den Flur heraus. Er konnte Barbaras Stimme unter den anderen erkennen. Wärme durchströmte seinen Körper. Er wünschte in jenem Augenblick nichts sehnlicher, als in ihre Arme zu sinken und drückte die Klinke herunter.

6 NACHTRUHE

Der dritte Joint machte die Runde, und Ralfs Todesfall verlor
zusehends seinen Schrecken. Sie kauten das tragische Unglück
immer wieder durch, bis es aller Substanz beraubt war. Die Clique begann allmählich zur Normalität zurückzukehren, griff andere Themen auf. Keiner vermisste Jenny, die offenbar entschieden hatte, sich in ihrer Suite zu verkriechen. Die Luft war zum
Schneiden, die müden Augen gerötet, aber das tat der Stimmung
keinen Abbruch. Die Droge zeigte Wirkung, ließ die Sorgen
schrumpfen, in weite Ferne rücken, wo sie an Bedeutung verloren.

„Mensch, Lena, wo hast du nur dieses abartige Zeug her?",
nuschelte Michael. „Das geht ab wie eine Rakete." Im Zeitlu-
pentempo reichte er die *Tüte* an Barbara weiter, die auf dem Sofa
lag, den Kopf auf Thomas Oberschenkel gebettet.

Lena, die im Schneidersitz auf dem Teppich saß, klatschte
vergnügt in die Hände. „Das werdet ihr nie erraten, Leute." Sie
blickte erwartungsvoll in die Runde und klopfte Michael aufs
Knie. „Nicht einmal du, Mike, the pike."

Barbara prustete los, denn sie verstand als Erste die Bedeutung des Wortspiels. Als Tom und Lena ins Gelächter einstimm-
ten, lief Michael rot an.

„He, das war keine Absicht, das kann jedem passieren, sogar dir, Lena."

„Ja, klar, Mikey-Pikey! Du vergisst nur, dass mir dazu ein
entscheidendes Teil fehlt."

Barbara bog sich förmlich vor Lachen. „Lena, hör auf, oder
ich platze gleich."

Martha verstand nicht, worum es ging. „Würde mich mal jemand aufklären? Ich steh´ gerade auf der Leitung." Sie hatte nur
einmal am allerersten Joint gezogen, war zu der Überzeugung
gelangt, dass ihr das Zeug nicht schmeckte und hatte daraufhin
dem Sekt ewige Treue geschworen.

„Du weißt doch, was eine *pike* ist, oder?", fragte Lena gackernd.

Martha stemmte ihre Füße auf die Tischplatte. „Klar doch, Klapperstorch, das ist eine Pike, so ‚ne Lanze oder ein Spieß.“ Sie warf Barbara kurz einen irritierten Blick zu, weil diese wie ein freudig erregter Hund winselte.

„Also“, fuhr Lena kichernd fort. „Du wirst nicht glauben, was unserem guten alten Freund Mike the pike in der Sauna passiert ist.“ Sie deutete mit der Hand zwischen ihren Beinen eine wachsende Erektion an. „So ein Ding, Martha! So ein Ding! Damit hätte mich der gute alte Mikey-Pikey fast aufgespießt, als er an mir vorbei zu den Duschen gerannt ist.“

Nun lachten alle hemmungslos. „Alle Achtung, Mike! Tolle Nummer“, beglückwünschte ihn Martha mit erhobenem Daumen. „Das schaffst echt nur du.“

Barbara sprang auf und lief zur Toilette. „Entschuldigt mich, ich mach mir gleich in die Hose.“

Sie alberten noch eine Weile herum. Martha kippte in dem Fernsehsessel als Erste weg. Bald vernahmen die restlichen Freunde ihr lautes Schnarchen.

„Die gute Martha sägt einen ganzen Wald um“, bemerkte Michael und lachte.

Barbara stemmte sich mühevoll von der Couch hoch. „Boah, mir dreht sich alles, stellt doch mal das Karussell ab, Leute.“

Thomas stand ebenfalls auf und stützte sie. „Für mich wird es auch Zeit. Ich hau mich aufs Ohr. Soll ich dich aufs Zimmer bringen, Babs?“

„Das wäre echt nett von dir.“

Michael und Lena tauschten einen vielsagenden Blick. Beide grinsten. Ihnen war nicht entgangen, dass es zwischen Thomas und Barbara knisterte. „Fast wie in alten Zeiten“, flüsterte Lena Michael ins Ohr, während das wiedervereinte Paar in Barbaras Suite verschwand. Sie lehnte sich mit dem Rücken gegen den Türrahmen und suchte den Blickkontakt mit Michael. Mit einer Hand fuhr sie ihm durchs wirre Haar. „Du siehst lustig aus, Mikey -Pikey.“

„Lena, nenn mich nicht so, das war beim ersten Mal witzig, aber jetzt ist es das nicht mehr.“

Er drehte den Kopf weg, und sie ließ ihre Hand sinken. Es war nur eine kleine, unbewusste Geste gewesen, aber sie empfand eine leichte Enttäuschung. Irgendwie hatte sie damit gerechnet, dass er sie ins Zimmer begleiten würde. Sie wollte nicht allein sein. Nicht in dieser Nacht. Das Hotel machte ihr Angst, und die Tatsache, dass vor dem Bad Ralfs vermummte Leiche auf der Liege lag, bescherte ihr eine lupenreine Gänsehaut. Im Kreis der Freunde ließen sich diese Gedanken leicht beiseiteschieben. Sie ahnte: Wenn sie allein in ihrem Bett liegen würde, käme alles wieder hoch.

„Ich könnte auf der Stelle einschlafen", brummte Michael. „Ich werde dann mal ... Gute Nacht, Lena." Er drehte sich um und torkelte den Flur entlang.

Sie blickte ihm nach und nickte traurig. „Gute Nacht. Schlaf gut, Mike." Ihre Hand hob sich automatisch zu einem zaghaften Winken.

Er erwiderte die Geste. „Du auch" – und verschwand in seiner Suite.

Lena hörte, wie die Tür ins Schloss sprang. Dann spähte sie in beiden Richtungen den Flur entlang. Die Notbeleuchtung tauchte diesen in schummriges, grünes Licht. Sie konnte ein feines Klappern hören. Es schien aus dem Bereich der Rezeption zu kommen. Ein kühler Lufthauch fegte begleitend durch den Gang. Sie erschauerte, beeilte sich, ins Zimmer zu kommen und verriegelte den Eingang, indem sie den Knopf in der Mitte des Knaufes drückte.

Sie schlurfte durch den dunklen Raum zum King-Size-Bett und warf sich bäuchlings darauf. Im Nachbarzimmer erfolgte ein dumpfes Poltern. Lena spitzte die Ohren, vernahm gedämpftes, rhythmisches Stöhnen, das keinen Zweifel an der Ursache aufkommen ließ. Sie wunderte sich, wie die beiden in einer solchen Situation Sex haben konnten. Sie kam zu dem Schluss, dass jeder seinen eigenen Schutzmechanismus entwickelte, schreckliche Erlebnisse zu verarbeiten. Als das Gestöhne nach wenigen Minuten verebbte, breitete sich eine bedrückende Stille um sie herum aus. Vielleicht lag es an den Drogen, aber sie bildete sich ein, dass sie die Stille und Finsternis körperlich spüren konnte. Es fühlte sich an, als würde sie eine zentnerschwere Last auf die Matratze niederdrücken.

Die Glasfront erbebte knisternd. Lena hob mühsam den Kopf und sah zu der Panoramascheibe hin. War sie kurz eingenickt? Von draußen drang ein bläulicher Schimmer herein. Sie fror. Deshalb wickelte sie sich in die Decke und torkelte benommen zum Fenster. Der Schnee fiel in dicken Flocken vom Himmel. Vereinzelte Windböen brachten sie zum Tanzen, sodass diese ständig ihre Richtung änderten. Unter der schimmernden Kuppel brannte ebenfalls die Notbeleuchtung. Die Scheiben waren außen nass von den schmelzenden Kristallen und innen beschlagen. Die Lichtreflexionen erweckten den Eindruck, als stünde das Glas unter Strom, was natürlich nicht sein konnte. Das Schauspiel erinnerte sie entfernt an eine überdimensionale Plasmakugel. Der ständige Wechsel von Licht und Schatten übte eine hypnotische Wirkung auf sie aus.

Sie hatte keine Ahnung, wie lange sie dort am Fenster gestanden und auf die pulsierende Kuppel hinabgestarrt hatte, als ein Klirren wie von berstendem Glas an ihr Ohr drang. Lena war mit einem Schlag hellwach. Ruckartig drehte sie sich zu der Eingangstür um und lehnte sich mit dem Rücken an die Panoramascheibe. Hörte sie da etwa auch Schreie, oder bildete sie sich das nur ein? Eigentlich wollte sie zur Eingangstür laufen, um einen Blick auf den Flur hinaus zu werfen – nur um sicherzugehen, dass sie sich täuschte, aber die Angst kroch in den letzten Winkel ihres Körpers und lähmte ihre Muskeln. So musste sie sich darauf beschränken, den Blick auf den Türspalt gerichtet zu halten, durch den das Licht der Notbeleuchtung hereinsickerte. Je länger sie zu der Stelle starrte, umso heller wurde der Streifen, schien an Intensität zuzunehmen.

Plötzlich ging jemand außen an der Tür vorbei. Lena erkannte es eindeutig an den schattigen Stellen, die in unzweifelhafter Abfolge ein typisches Muster bildeten, wenn Schritte gesetzt wurden. Dieser Jemand schien den Gang in Richtung Rezeption unterwegs zu sein. Jene Beobachtung bewirkte, dass ihr verängstigtes Herz zu rasen begann, sodass sie dessen Schläge in der Halsschlagader spüren konnte. Der Rest ihres Körpers war zu Eis erstarrt. Jedenfalls fühlte es sich so an.

Wieder verstrich eine unbestimmte Zeit, bevor sie endlich in der Lage war, zu ihrem Bett zu schleichen und sich dort in fötaler Haltung unter der Decke zu verkriechen. Nun wünschte sie nichts sehnlicher, als dass Mike bei ihr wäre. In seinen Armen hätte sie sich sicher und geborgen gefühlt. Er hätte sie beschützt. Warum hatte sie ihn nicht einfach gefragt? Sie müsste nur einmal über ihren Schatten springen und sehen, was passiert. Das Schlimmste, was geschehen könnte, wäre, eine Ablehnung zu kassieren. Dabei ging es ihr nicht um Sex. Sie hätte ihm das erklären können. Wozu hat man Freunde? Gemeinsam die Angst bezwingen, für einander da sein, wenn man gebraucht wird. Sie hatte jetzt so einen Freund bitter nötig, denn sie steckte allein mit ihrer Angst unter einer Decke.

★★★

Ein Geräusch ließ ihn aus dem Schlaf hochschrecken. Thomas Hände wanderten instinktiv über die leere Stelle neben ihm. „Barbara?" Ein heller Lichtstreifen ergoss sich aus dem Badezimmer, und er musste blinzeln, um etwas zu erkennen. Verwirrt setzte er sich auf. Ein Würgen und Spucken beantwortete den Ruf nach seiner Freundin und lieferte sämtliche Erklärungen auf einen Streich. Der Kopfschmerz setzte jäh ein, und stöhnend sank er auf das Bett zurück. Die Klospülung rauschte, dann hörte er das Summen einer elektrischen Zahnbürste. Unwillkürlich musste er lächeln. Das war Barbara, wie er sie kannte und weshalb er sie liebte. In jeder Situation auf Reinlichkeit bedacht. Was Fitness und Körperpflege betraf, war sie unübertroffene Europameisterin. Umso erstaunlicher war es, dass sie ohne Widerrede an dem Gelage teilgenommen hatte, als gäbe es kein morgen, aber wie es schien, rächte sich nun dieser Angriff auf ihr inneres Gleichgewicht.

Wie sah ihre gemeinsame Zukunft eigentlich aus? Welche Optionen hatten sie? Der tödliche Unfall, wenn die Polizei ihn als solchen interpretieren sollte, schwebte als dunkle Wolke über ihrer Beziehung und bedrohte ihr neu gefundenes Glück. Vielleicht hatte Barbara deshalb alle Hemmungen fallen lassen? Sie hatten viel zu verlieren, nun galt es, den Moment zu genießen, solange er andauern würde.

„Hab ich dich geweckt?" Plötzlich stand sie neben ihm. Ihre Stimme hatte ihn aus seinen Gedanken gerissen. Er hatte nicht bemerkt, dass sie aus dem Badezimmer zurückgekehrt war.

„Ist schon okay, Babs", krächzte er mit belegter Stimme und räusperte sich. „Sag, hast du eine Schmerztablette für mich?"

„Hab ich."

Er sah ihr nach, wie sie zu ihrem Rucksack ging und darin nach dem Arzneimittel kramte. „Warum bist du angezogen?", erkundigte er sich.

Sie sah an sich herunter, lüftete schmunzelnd den überlangen Sweater, unter dem sie nur einen Baumwollslip trug. „Mir war kalt." Dann kam sie mit der Schachtel in der einen und einer Wasserflasche in der anderen Hand zu ihm zurück. Während er eine Pille hinunterspülte, kroch sie zu ihm unter die Decke, schmiegte ihren Körper an seinen und streichelte seine Brust.

„Wie geht es dir?", fragte er und legte einen Arm um sie.

„Schon viel besser. Mir war nur plötzlich übel, und ich konnte nicht mehr einschlafen. Ich musste ständig an Ralf denken, wie er hilflos ertrank. Wenn ich nicht davongelaufen wäre, dann würde er jetzt noch leben."

„Du kannst dir nicht ein Leben lang deshalb Vorwürfe machen, Babs. Es ist nicht deine Schuld, dass er über dich hergefallen ist. Du hast dich nur verteidigt."

Sie drehte sich von ihm weg. „Du hast leicht reden, Tom. Du hast ihn ja nicht auf dem Gewissen. Ich kann es nicht einfach vergessen und zur Tagesordnung übergehen."

Er wusste, dass sie recht hatte. Ihm ging es genauso.

7 MICHAEL

Michael schlug die Augen auf. Gedämpftes Tageslicht flutete den Raum, dessen helle Einrichtung sich in den verschiedensten Grautönen präsentierte. Obwohl sein Schlaf unergiebig gewesen war, von zahlreichen, aufwühlenden Träumen unterbrochen, war er sofort hellwach. Eine erotische Version von seiner Begegnung mit Jenny im Whirlpool haftete als letzte Erinnerung in seinem Bewusstsein. In jener hatte die Planscherei zwischen Blubberblasen einen gänzlich anderen Verlauf genommen, einen wesentlich interessanteren. Lediglich die Tatsache, dass sie ihn mit ihrem Körper unter Wasser gedrückt hatte, sodass er beinahe ertrunken wäre, hinterließ einen bitteren Nachgeschmack und zerstörte die perfekte Illusion der Unterwasservereinigung. Die Sex-Phantasie hatte sich gegen Ende zu einem regelrechten Albtraum entwickelt und sein abruptes Erwachen eingeleitet.

Er versuchte, sowohl die realen als auch irrealen Erinnerungen an Jenny und den Whirlpool zu verdrängen. Sie hatte sich leider nicht nur im Traum in ein *Monster* verwandelt. Daher begrüßte er die Tatsache, dass sie letztendlich der nächtlichen Drogenparty ferngeblieben war. Ihre Anmache, die verletzenden Worte Barbara gegenüber und die anschließende Auseinandersetzung mit derselben hatten das falsche Bild, das er sich von ihr gemacht hatte, ins rechte Licht gerückt. Was nutzte ein wundervolles Aussehen, wenn das Innenleben eine derartige Baustelle beherbergte?

Ihre Stelle in seinen Überlegungen nahm „Mikey-Pikey"-Lena ein. Lena, die ihm an der Tür das Haar wuschelte. Ihr sehnsuchtsvoller Blick, den sie ihm zugeworfen hatte, bevor er in seinem Zimmer untergetaucht war. Vielleicht hatte er es sich nur eingebildet, oder war es nur die Wirkung des Drogenrausches gewesen? Aber er hatte in jenem Moment geglaubt, dass sie ihn zu sich ins Zimmer einladen würde. Gehofft, nicht geglaubt! Es hatte nur ein Wort gefehlt, doch es war nicht über ihre Lippen gekommen. Er hatte in seinem Bett gelegen und hatte vergeblich auf ein zaghaftes Klopfen an der Tür gewartet.

Was Frauen anbelangte, war er nicht gerade vom Glück beschlagen. Allzu schnell verschenkte er sein Herz, genauso oft wurde es gebrochen, ohne dass die Betreffende etwas davon mitbekam. Während seine Freunde ringsum von der Damenwelt umschwärmt wurden, fristete er ein ewiges Dasein als Jungfrau und sammelte Niederlagen und Körbe wie Spitzensportler Trophäen und Medaillen. Selbst Harry Potter, fiktive Gestalt und sein persönliches *look alike,* konnte bei jenem Punkt mehr Erfolge aufweisen als er.

Michael schälte sich aus der behaglichen Wärme seines Nachtlagers und tauschte sein Schlafgewand gegen die *Ganzkörperbadehose.* Da es ziemlich kalt war, warf er sich schnell den Bademantel über.

Das war auch so ein Punkt, der ihn von Kindheitstagen an verfolgte. Ständig war er aufgrund seiner schmächtigen Gestalt dem Hohn seiner Geschlechtsgenossen ausgesetzt. Den Spott teilte er gleichermaßen mit der Filmfigur, wie dessen Aussehen. So etwas verband. Vielleicht sollte er das Zaubern erlernen, nicht die Psyche des Menschen. Ein Magier war praktisch unangreifbar. Niemand, der bei Verstand war, legte sich mit Harry Potter, dem Zaubermeister, an.

Thomas bildete da eine seltene Ausnahme. Er akzeptierte ihn, wie er war. Weshalb, war Michael selbst ein Rätsel. Möglicherweise lag es daran, dass er anders war als viele Altersgenossen: reifer, intelligenter, ausgeglichener, eben typisch Thomas. Kein Wunder, dass Barbara sich jenen als Herzbuben auserkoren hatte, während Michael nichts anderes übrig blieb, als aus der zweiten Reihe die Zuseher-Rolle einzunehmen. Das war seine angestammte Position, in der er ein wahrer Meister zu sein schien. So tröstete er sein verwundetes Herz mit der Gewissheit, dass er zwei wunderbare Menschen seine besten Freunde nennen durfte.

Weil er nicht allein schwimmen gehen wollte, klopfte Michael an Lenas Zimmertür. Sie öffnete erst nach einer halben Ewigkeit, als er schon begonnen hatte, sich ernsthaft Sorgen zu machen.

8 DER BRUCH

Das nervige Hämmern schien endlos anzudauern. Lena krabbelte aus dem Bett und schleppte ihre müden Knochen zum Eingang. Sie fühlte sich wie durch den Fleischwolf gedreht. Das Gewand klebte an ihrem verschwitzten Körper. Sie hatte in voller Montur geschlafen. Viel zu wenig Schlaf war ihr vergönnt gewesen. Wer wagte es, solch einen Radau zu veranstalten? Derjenige konnte was erleben!

„Ja, ja! Ich komm schon." Sie riss zornig die Tür auf. „Was willst du? Ich bin müde, verdammt noch mal."

Michaels Augen weiteten sich. „Du siehst beschissen aus", lautete seine Begrüßung. Dann rümpfte er die Nase. „Und du stinkst wie ein nasser Hund."

Lena machte auf der Ferse kehrt und taumelte zum Bett zurück. „Wenn das ein Kompliment sein soll, dann scher dich zum Teufel, Mike", knurrte sie über die Schulter nach hinten und warf sich auf das feuchte Laken.

Michael war ihr gefolgt und stand unschlüssig im Raum. Er betrachtete die zerknitterte Rückenansicht, die Lena darstellen sollte. Sie sah unter ihrer Achsel durch und schnaufte. „Bist du noch immer da?"

„Ich gehe eine Runde schwimmen und wollte dich fragen, ob du Lust hast mitzukommen?" Ihm war anzuhören, dass er die Chancen auf eine Zustimmung sehr gering schätzte.

„Schwimmen wäre toll. Gib mir ein paar Minuten." Ihre Stimme klang durch die Matratze gedämpft.

Sein Gesicht erblühte. „He, super. Nimm dir so viel Zeit, wie du brauchst."

Lena kroch stöhnend aus dem Bett und schlurfte ins Bad. Während sie die klammen Kleidungsstücke abschälte, tauchte Michael im Augenwinkel auf. Erst wollte sie protestieren, doch sie bemerkte, dass er zum Fenster hinausschaute und sie keines Blickes würdigte.

„Da ist eine Menge Schnee heute Nacht heruntergekommen",
sagte er beeindruckt. „Das musst du dir unbedingt ansehen, Lena."
„Ich guck es mir an, wenn ich geduscht habe. Ich denke, der
Schnee wird nicht gleich wegschmelzen." Mit diesen Worten
stieg sie in die Kabine und drehte den Wasserhahn auf.

Sie hörte ihn reden, verstand jedoch kein Wort, da das Wasser auf sie niederprasselte. „Ich kann dich nicht hören, Mike!"
Wieder folgte gedämpftes Gemurmel. „Die Dusche ist an", klärte
sie ihn verärgert auf. „Heb dir deine Weisheiten für später auf!"
Das Gerede war verstummt. Mit einem Mal fehlte ihr das monotone Plappern. Die folgende Stille machte Lena Angst, ließ zu,
dass die Erinnerungen an letzte Nacht wieder emporstiegen. Das
Klappern bei der Rezeption, gefolgt vom eisigen Lufthauch, das
Klirren, die Schritte im Flur. Jedes gruselige Detail fiel ihr mit
einem Mal wieder ein.

Die Glaswand war angelaufen, und es behagte ihr nicht, dass
sie nicht erkennen konnte, was außerhalb der engen Kabine vor
sich ging. „Mike? Bist du da?" Hastig drehte sie den Hahn zu
und lauschte. „Mike?" Gurgelnd lief das Wasser aus dem Becken
in den Abfluss. „Scheiße, Mike, wenn du da bist, dann sag doch
was!" Vorsichtig schob sie die Glastür zur Seite und angelte das
Badetuch vom Haken. Irgendetwas stimmte da nicht. Er hatte
doch gesagt, er würde auf sie warten, oder nicht? Plötzlich schien
die Panik Substanz zu bekommen, kroch in den hintersten Winkel ihrer Existenz und übernahm das Kommando.

Da sie ohnehin vorhatte, in die Therme zu gehen, trock-
nete sie sich nur oberflächlich ab, legte Bikini und Bademantel mit hastigen Griffen an und stürzte anschließend in den leeren Schlafraum. Michael war nicht da! Wie sie vermutet hatte.
Weil sie dachte, dass er in sein Zimmer zurückgegangen war,
um etwas zu holen, beschloss sie, dort als Erstes nach ihm zu suchen. Michael war nicht in seiner Suite, also lief sie den Gang
entlang, an ihrem eigenen Zimmer vorbei, und klopfte bei Barbara. Nachdem sie keine Antwort erhielt, ging sie hinein. Niemand war da, das Bett leer, auch keine Spur von Thomas. Sie
hastete weiter, verzichtete bei Marthas Tür auf Klopfzeichen und

drang unaufgefordert ein. „Martha?" Sie lief durch das Zimmer, schaute ins Bad. Auch sie war verschwunden. „Scheiße", flüsterte Lena, den Tränen nahe. Die Gänsehaut kam ganz von selbst, begleitet von der Erinnerung an den Moment, als sie den schmalen Lichtstreifen unter ihrer Tür beobachtet hatte. Sie fuhr herum und starrte zum Eingang, auf den Flur hinaus, der ihr plötzlich unheimlich war. „Wo sind denn alle hin?"

***

„Noch jemand einen Kaffee?" Barbara hielt die Kanne hoch und schaute fragend in die Runde. Im selben Augenblick wurde die Tür zum Restaurant aufgestoßen, und Lena fegte herein, Augen und Mund weit aufgerissen. Nach Atem ringend stolperte sie auf den gedeckten Tisch zu. „Hier seid ihr", keuchte sie. Die anderen blickten ihr erstaunt entgegen.

„Was ist mit dir los?", erkundigte sich Michael. „Hast du ein Gespenst gesehen?" Das entlockte Martha ein hexenartiges Kichern.

„Wo warst du? Ich dachte, du wartest auf mich. Scheiße, Mike! Ich bin vor Angst fast gestorben, als keiner von euch auf seinem Zimmer war."

Michael warf Thomas einen hilfesuchenden Blick zu. „Tom hat zur Tür hereingeschaut, während du unter der Dusche warst, und gefragt, ob ich mitkomme."

„Du kannst mich doch nicht allein lassen, ohne mir Bescheid zu geben."

„Ich hab es dir ohnehin mitgeteilt." Unbeeindruckt schmierte er sich ein Honigbrot. Dann zuckte er mit den Schultern. „Wahrscheinlich hast du mich nicht gehört."

„Weshalb bist du so aufgebracht, Lena?", erkundigte sich Thomas. „Ist doch klar, dass wir beim Frühstück sitzen. Guck mal auf die Uhr. Es ist fast Mittag."

Lena setzte sich auf einen freien Stuhl. „Ich hab heut Nacht echt mies geschlafen", erklärte sie den anderen und schenkte sich Kaffee ein. „Erst dieses seltsame Geräusch bei der Rezeption, dann das Klirren, als ob Glas zerbrochen wäre, diese unheimlichen Schreie, aber das Schlimmste war der Moment, als jemand an meiner Tür vorbeiging."

„Klingt nach einer gruseligen Nacht. Ich hab nichts gehört", meinte Martha spöttisch und biss ein großes Stück von einer Marmeladensemmel ab.

„Habt ihr denn nichts mitbekommen?", erkundigte sich Lena bei den anderen.

Köpfe wurden geschüttelt. „Nach dem, was wir geraucht und gebechert haben? Wir waren doch alle high, Lena", meinte Michael. „Du warst wahrscheinlich auf einem Horror-Trip. Woher, sagtest du, hast du das Zeug?"

„Scheiße, Mike! Ich war nicht high. Ich war ganz klar im Kopf."

Martha warf mit einer Semmel nach Lena. „Soweit ich mich erinnern kann, hat es dich am schlimmsten von allen erwischt, Bohnenstange. Und jetzt hast du die Hosen gestrichen voll."

Lena schmiss das Gebäckstück zurück, das an Martha vorbeisegelte und im hinteren Teil des Restaurants unter einen Tisch kullerte. „Da redet die Richtige. Wer hatte denn einen Nervenzusammenbruch, weil sie Geräusche gehört hat? Ich kann mich noch gut erinnern, wie du mit dem Messer herumgefuchtelt hast, als Tom und ich in die Küche kamen."

„Das war etwas anderes", konterte Martha. „Ich war zu dem Zeitpunkt nicht stoned, Zahnstocher."

Lena schnaubte. „Ja, klar. Dafür hast du ein ganzes Fass Sekt ausgesoffen. Kein Wunder, dass du nichts mehr mitgekriegt hast, du Alki."

„Hört auf zu streiten", mischte Barbara sich ein. „Das führt doch zu nichts.

Martha sprang auf. „Das muss ich mir nicht bieten lassen von diesem Hungerhaken. Ich renne wenigstens nicht herum und flenne wie ein Baby, weil plötzlich alle anderen weg sind." Sie steuerte wutentbrannt auf den Ausgang zu.

„Wer rennt denn jetzt herum und flennt?", rief Lena ihr nach. „Du hast ja nur nichts mitgekriegt, weil du dich unter den Tisch gesoffen hast, Alki!"

Die Tür schwang zu, und für längere Zeit sagte niemand ein Wort. Lena saß zusammengesunken auf dem Stuhl und starrte in ihre Kaffeetasse.

„Du solltest dich bei ihr entschuldigen", schlug Barbara vor und durchbrach das Schweigen und somit ihre trüben Gedanken. „Warum immer ich?" Lena stellte die Tasse mit so viel Schwung auf den Tisch, dass der letzte Rest des Inhalts auf das Tischtuch schwappte. „Sie hat doch angefangen herumzuzicken. Jedes Mal, wenn es Stress mit ihr gibt, bin ich nachher die Dumme."

Barbara drückte Lenas Schulter und erhob sich. „Okay, dann rede ich mit ihr. Heute ist Heiligabend. Da sollten wir zusammen feiern und nicht streiten."

Lena funkelte Barbara an. „Kehr du mal vor deiner eigenen Haustür, Babs."

Barbara nickte schmallippig. „Ist okay, wenn du wütend bist, Lena. Deshalb verzeihe ich dir diese Meldung – der Freundschaft wegen." Mit diesen Worten verließ sie das Restaurant.

„Was für ein misslungener Start in den Tag", bemerkte Michael. Thomas zuckte mit den Achseln. „Geht ihr zwei schon mal zum Pool. Ich mache hier klar Schiff." Er begann das Geschirr auf einen Servierwagen zu räumen.

Michael stand auf. „Was ist eigentlich mit Jenny?"

Thomas hielt kurz inne. „Gute Frage, Mike. Wenn ich hier fertig bin, werde ich nach ihr sehen."

„Was geschieht mit Ralf?", meldete Lena sich zu Wort. „Wo ist dieser Verbindungsmann? Wie hieß er noch mal?"

„Hans Ruprechter", antwortete Michael. Er wandte den Kopf zu der Fensterfront und sah hinaus. Es schneite noch immer. „Wie es aussieht, ist die Zufahrtsstraße unpassierbar. Ich glaube nicht, dass er heute noch heraufkommt."

„Kann ich mir auch nicht vorstellen", stimmte Michael zu und legte eine Hand behutsam auf Lenas Schulter. „Was ist jetzt? Kommst du?"

***

„Ich habe wegen der Sache mit Ralf ein schlechtes Gefühl. Ich meine, wie hoch ist die Wahrscheinlichkeit, dass ein harmloser Kopfstoß einen Kerl wie ihn tötet?"

„Ich schätze nicht sehr hoch", brummte Martha.

Barbara nickte nachdenklich. „Die Polizei könnte mir daraus einen Strick drehen, dann ist alles vorbei. Du kannst dir vorstellen, was Jenny denen über mich erzählen wird. Danach kann ich froh sein, wenn ich mit Totschlag davonkomme."

„Hör doch auf, Babs. Das war astreine Notwehr."

„Kannst du das bezeugen? Oder sonst jemand von euch?"

Martha schüttelte den Kopf. Es war ihr anzusehen, dass auch sie unter der momentanen Situation litt. „Aber wir werden ein gutes Wort für dich einlegen. Wir lassen dich nicht im Stich."

„Danke, Martha. Das weiß ich zu schätzen", sagte Barbara und zupfte an ihrem Sweater herum. „Deshalb ist es auch wichtig, dass wir jetzt zusammenhalten." Sie holte tief Luft. „Begrab doch diesen dummen Streit mit Lena. Dieses ständige Hickhack zwischen euch verdirbt uns den ganzen Spaß. Das führt doch zu nichts. Sonst können wir gleich zurückfahren und jeder für sich die Feiertage verbringen."

Martha senkte ihren Blick. „Ich versuch es, aber versprechen kann ich nichts. Sie bringt mich eben ziemlich rasch zur Weißglut, keine Ahnung weshalb." Sie hob den Kopf und blickte Barbara in die Augen. „Apropos, wolltest du nicht selbst abhauen, nachdem dieser Mistkerl versucht hat, dich zu vergewaltigen?"

Barbara blinzelte verwirrt. „Ja, das stimmt, aber ich hab es nicht getan, sondern bin geblieben."

„Wie praktisch, dass er jetzt tot ist", entgegnete Martha und grinste. „Jetzt müsste nur noch Jenny verduften, dann wäre alles paletti, nicht wahr?" Ihre Augen funkelten, als sie das sagte.

Das Thema behagte Barbara gar nicht. Plötzlich fühlte sie sich in Marthas Beisein unwohl. Trotzdem nickte sie. „Das würde einiges erleichtern."

Schreie drangen durch den Flur zu ihnen in die Suite herein. Beide zuckten zusammen. „Das ist Tom", flüsterte Barbara, ohne zu wissen, warum sie das tat. „Da ist etwas passiert."

Sie sprang hoch und sprintete zur Tür. Martha versuchte an ihr dranzubleiben. „Ich hör nichts mehr", sagte sie, als sie an der Tür angekommen waren. „Du etwa?"

„Schscht", machte Barbara und lauschte. Klagelaute durchbrachen die Stille, leise, dennoch als solche eindeutig zu identifizieren. „Es kommt von da hinten." Mit raschen Schritten folgten sie dem bogenförmigen Gang. Martha hatte Mühe nachzukommen. Sie passierten sämtliche Zimmer, bis sie das Letzte erreicht hatten. Das Schluchzen kam aus Jennys Suite. An der Tür prallte Barbara entsetzt zurück, und Martha stieß mit ihr zusammen. Im Eingangsbereich lag ein Tablett, drum herum die Scherben zerbrochenen Geschirrs. Kaffeeflecken auf dem Teppich, zerstreutes Gebäck, Butter und Marmelade komplettierten das Bild. Aber das war es nicht, was sie erschreckt hatte. Die Glasplatte des Couchtisches war geborsten. Der Bereich der Sitzgruppe war von Splittern übersät. Eine rote Spur führte von dort zum Badezimmer.

Martha betrachtete das Chaos, indem sie über Barbaras Schulter hinwegschaute. „Das ist gar nicht gut", lautete ihr düsteres Resümee.

Sie stiegen vorsichtig über die Reste des Frühstücks und strebten auf die Badezimmertür zu. Diese Suite war größer als die anderen, komfortabler eingerichtet, und als die beiden über die Schwelle ins Bad traten, machte sich auch in diesem Raum der Unterschied deutlich bemerkbar. Thomas kauerte am Rand eines kleinen Whirlpools, deutlich größer als eine übliche Badewanne, und hielt seine Schwester im Arm.

„Jenny", schluchzte er. „Warum?"

„Oh, mein Gott", flüsterte Barbara, als sie in die toten Augen ihrer Kontrahentin blickte. Jennys Kopf ruhte auf der Schulter ihres Bruders, das bleiche Gesicht war ihnen zugewandt.

Thomas ließ den Leichnam seiner Schwester los und drehte sich zu ihnen um. „Sie ist tot", verkündete er mit kraftloser Stimme, während Jenny hinter ihm lautlos im Wasser versank.

„Tom", hauchte Barbara und ging vor ihm auf die Knie, legte ihre Arme um seine Schultern. „Es tut mir so leid." Sie blickte über ihn hinweg, sah das vom Blut dunkel gefärbte Wasser. Jennys Körper zeichnete sich darin als heller Schemen ab. Dunkle Haarspitzen durchbrachen die Oberfläche und trieben schaukelnd in den sanften Wellen. Barbara versuchte das Grauen zu verdrängen, von dem sie augenblicklich befallen wurde. Sie fühlte, wie Toms Körper erbebte, hielt es für ein Schluchzen, das sich seinen kummervollen Weg an die Oberfläche bahnte.

Unerwartet stieß er sie von sich und sprang auf die Füße. Barbara landete auf dem Hosenboden und blickte verwirrt an ihm hoch. „Daran hast nur du Schuld", zischte er. Mit einer Hand drehte er am Verschlussrad der Wanne, um das Wasser abzulassen, mit der anderen zeigte er anklagend auf die am Boden Sitzende. „Du hast nicht einmal versucht, dich mit ihr zu vertragen. Stattdessen schlägst du Ralf k.o., sodass er absäuft, und dann prügelst du dich mit ihr wie eine dumme Straßennutte. Ich … ich hätte es besser wissen müssen, als ich aus ihrem Zimmer fortging gestern Nacht. Sie hat gesagt, sie würde sich nicht mehr zwischen uns stellen. Dabei warst du es, die sich zwischen mich und Jenny gedrängt hat. Sie hatte recht. Du hast einen Keil zwischen uns getrieben, und jetzt ist sie tot!" Tränen rannen über sein Gesicht. Er wischte sie mit hektischen Bewegungen fort.

„Tom, was sagst du da? Das kann nicht dein Ernst sein." Auch Barbara begann zu weinen. Sie rappelte sich hoch. Das Badezimmer schien sich zu drehen, dabei war sie es, die von einem Schwindel erfasst wurde. „Ich dachte, wir wären wieder zusammen. Ich wollte nicht, dass sie sich umbringt, und das weißt du genau", sagte sie mit schwerer Zunge. Sie musste die Worte richtiggehend herauswürgen.

Er deutete auf die Leiche seiner Schwester. „Verdammt, du hast ihr das Herz gebrochen!"

Barbara sah in die Wanne und erschrak. Das Wasser war beinahe zur Gänze abgeflossen. Jennys Körper war übersät von zahllosen Schnitten, die kreuz und quer über ihren Oberkörper verliefen. „Scheiße", keuchte sie und schlug sich eine Hand vor den Mund.

Martha tauchte neben ihr auf. „Was für ein Massaker", meinte diese staunend. „Wer, bitte schön, bringt sich auf so eine makabre Art um? Die Pulsadern aufschneiden, okay, aber das …?"

Thomas betrachtete den Leichnam seiner Schwester. Seine Backenmuskeln arbeiteten, so sehr presste er die Kiefer zusammen. Er schien nachzudenken. Dann sah er Barbara mit einem durchdringenden Blick an. „Hast du sie umgebracht?" Die Stimme klang fremd, bedrohlich, traf sie wie ein heftiger Schlag. Sie wich unwillkürlich einen Schritt zurück. „Nein, Tom, wie kannst du das von mir denken?", flüsterte sie entsetzt. „Ich bin doch keine Mörderin."

Blitzschnell sprang er auf sie zu, packte ihre Kehle mit einer Hand und drängte sie gegen die Wand. „Ach ja, wirklich? Und was war mit Ralf? Das war der einzige Weg, wie du mich für dich allein haben konntest", knurrte er und kam ihrem Gesicht ganz nahe. „Du warst stoned, hast dir überlegt, wie es sein würde, wenn sie nicht mehr da wäre und hast dich mitten in der Nacht hierher geschlichen, während ich schlief. Du hast sie gegen den Tisch gestoßen, sie hat sich verletzt ins Bad geflüchtet. Du hast sie in die Wanne gedrückt und aufgeschlitzt. Dann hast du alles so arrangiert, dass es so aussieht, als ob sie sich selbst das Leben genommen hätte. Deshalb hast du gekotzt, als ich aufgewacht bin." Er schlug mit der flachen Hand auf die Kacheln neben ihrem Kopf. Mit der anderen drückte er fester zu. Barbara bekam kaum noch Luft, versuchte verzweifelt sich aus dem Klammergriff zu befreien. Als sie in seine funkelnden Augen sah, wusste sie, dass er davon überzeugt war, dass sie Jenny auf dem Gewissen hatte. „Martha hat recht", redete er weiter. „Niemand tötet sich auf diese Weise selbst. Ich hätte das gleich erkennen müssen."

„Tom, hör auf damit, du bringst sie um!", rief Martha und versuchte ihn von Barbara wegzuzerren.

Er schlug ihren Kopf gegen die Fliesen. Barbara fühlte keinen Schmerz. Sie hörte den dumpfen Aufprall eher, als dass sie ihn spürte. „Tom", hörte sie Martha abermals kreischen. „Hör auf!" Wieder wurde ihr Kopf gegen die Wand geschleudert. Ihr Blick verschwamm, aber er löste den Griff um den Hals, sodass sie wieder Luft schöpfen konnte. Dunkle Flecken trübten ihre Sicht, dennoch bekam sie mit, wie er mit Martha rangelte. Sie musste ihr irgendwie helfen. Panisch sah sie sich im Raum um.

Ihr Blick fiel auf zwei kleine Marmorstatuen, die den Spiegel über dem Waschbecken flankierten. Ihre Hand schloss sich um die näher stehende Skulptur, die eine nackte Frau darstellte. Das Gewicht überraschte Barbara, aber als sie sah, wie Thomas Martha mit einem brutalen Fausthieb ins Gesicht zu Boden schickte, verlieh ihr der Schock die nötige Kraft, um sie hochzuhieven. Barbara sprang auf den Tobenden zu, und im selben Moment, als er sich zu ihr umdrehte, schwang sie den Arm. Der Sockel erwischte ihn an der Stirn, schrammte seitlich über den Schädel und landete auf seiner Schulter. Thomas knickte ein. Barbara ließ die Statue fallen und half ihrer Freundin auf die Beine. Marthas Unterlippe war aufgeplatzt. Blut lief ihr über das Kinn.

„Wir müssen weg, schnell!" Mit diesen Worten schob sie Martha bei der Tür hinaus, warf einen letzten Blick über die Schulter zurück. Thomas kroch auf allen Vieren über den Boden, versuchte sich vergeblich an der Wanne hochzuziehen, rutschte ab und rollte stöhnend auf den Rücken. Der Treffer schien ihn für eine Weile außer Gefecht gesetzt zu haben, sodass sie einen kleinen Vorsprung hatten.

„Der Typ ist voll durchgeknallt", fluchte Martha, als sie in den Flur gelangten. „Was machen wir jetzt?"

Barbara zeigte auf die Treppe, die zur Therme hinunter führte. „Wir holen Lena und Mike, und dann hauen wir von hier ab", sagte sie.

9 BARBARA

Die Tränen waren vorerst versiegt, im Moment galt es, sich vor dem außer Kontrolle geratenen *Freund* in Sicherheit zu bringen. Dass die Beziehung mit der Attacke auf sie und Martha beendet war, sprach für sich. Für sie war an diesem Punkt Schluss. Die Endgültigkeit dieser Entscheidung durchtrennte das Band, das Barbara und Thomas verbunden hatte. Sie quälte im Augenblick eher der Gedanke, wie sie die anderen auf dem schnellsten Weg von hier wegschaffen konnte, denn eines war klar: Hier wollte sie auf keinen Fall länger als nötig bleiben.

Auf dem kurzen Weg zu den Wasserbecken liefen die letzten Stunden im Eiltempo wie ein Trailer in ihrem Kopf ab. Die Ankunft, die Gefühle, die sie durchlebte, als sie Thomas wiedersah, mit ihm die Nacht gemeinsam verbracht hatte. Nicht einmal der Zwischenfall mit Ralf hatte das kurze Glück trüben können. Es war beinahe so, als ob dessen Tod ihre Wiedervereinigung beschleunigt hätte. Sie hatte während dieser Zeit im Zeitraffertempo alles nachgeholt, was sie in den letzten Wochen schmerzlich vermisst hatte.

Thomas wutverzerrtes Gesicht tauchte plötzlich auf, zerstörte die perfekte Illusion. Ihre Kehle schmerzte, wo er sie gepackt und die Luftzufuhr abgeschnitten hatte. Sie hatte geglaubt, es würde wie früher werden. Wie man sich täuschen konnte!

Barbara hatte ihn zwischen zwei Vorlesungen in der Cafeteria der Uni kennengelernt und sich Hals über Kopf in den gut aussehenden, jungen Mann verliebt. Ab diesem Zeitpunkt hatten sie im Hörsaal oft nebeneinander gesessen, hatten gemeinsam gelernt, waren von Kaffeehaus zu Kaffeehaus gezogen. Das andere war von selbst gekommen, wie selbstverständlich waren sie im Bett gelandet. Der kurzen Liaison folgte der Zwist, den die eifersüchtige Schwester geschürt hatte, die nun zum zweiten Mal alles kaputt gemacht hatte.

Als Einzelkind und behütete Tochter musste sie nie um irgendetwas kämpfen. Dennoch hatte sie nicht aufgehört, Thomas zu lieben, ihren Körper im Fitnesscenter gequält, Frust abgebaut. Vielleicht wäre es klüger gewesen, ihn endgültig aufzugeben, die Gefühle, die sie für ihn hegte, einfach zu ignorieren. Wenn das so einfach wäre! Aber das zählte nun nicht mehr. *Über vergossene Milch vergieße keine Tränen*, pflegte ihr Vater zu sagen. Diese bittere Erkenntnis kam zu spät. Viel zu spät! Nun galt es zu handeln, sich aus dem Dilemma zu befreien, in dem sie und ihre Freunde steckten. Ralfs Tod war aus ihrer Sicht ein Unfall gewesen, Jennys Ableben beschäftigte sie weitaus mehr.

Barbara war schon als Kind im Schlaf gewandelt. Während der Pubertät hatten sich die Symptome verschlechtert. Die Momente, in denen sie Dinge tat, die sich ihrer Kontrolle entzogen, machten ihr Angst. Ihr Handicap war ausschlaggebend dafür gewesen, dass sie sich für das Psychologie-Studium entschieden hatte. Es war reiner Selbstzweck gewesen, der sie dazu motiviert hatte. Sie hoffte Antworten zu finden, was das Schlafwandeln auslöste und wie man es besiegen konnte.

Die Sorge, ob es theoretisch möglich war, dass sie Jenny während einer ihrer Schübe unwissentlich umgebracht haben könnte, begleitete sie auf dem Weg zu Lena und Michael. Und die ungewöhnlich wortkarge Martha fungierte als physische Begleitung.

10 EIN FLUCHTVERSUCH

Es war in den Bergen nichts Ungewöhnliches, wenn es mehrere Tage hindurch schneite. Unter anderen Umständen hätte sich Lena über die weiße Pracht gefreut. Sie liebte Schnee, aber als sie nun gemeinsam mit Michael am Beckenrand im warmen Wasser stand und durch die beschlagene Kuppel hinausblickte, konnte sie sich nicht wirklich von dem Zauber, der von der verschneiten Landschaft ausging, anstecken lassen.

„Die letzte Nacht war die Hölle, Mike", sagte sie, und ihr Blick wanderte unwillkürlich zu der Tür, durch die sie Ralfs Leichnam am Abend des Vortages hinausgeschafft hatten, und sie erinnerte sich, dass er in genau jenem Becken ertrunken war. „Versteh mich nicht falsch, aber könntest du vielleicht heute bei mir übernachten – oder ich bei dir?" Sie wendete den Kopf und sah ihn direkt an.

„Na klar, Lena. Nach dem, was du mir gerade erzählt hast, habe ich selbst überall Gänsehaut bekommen." Er lächelte zaghaft. „Ich glaube, es ist besser, wenn ich aus dem Wasser rausgehe, mir wird schon langsam kalt."

Lena gab einem plötzlichen Impuls nach und schlang ihre Arme um seinen Körper. „Vielleicht kann ich dich wärmen." Sie spürte, wie Michael zusammenzuckte, als sie sich an ihn schmiegte und ihre Körper sich unter Wasser berührten. „Was ist los?", fragte sie enttäuscht über seine Reaktion, klammerte sich aber weiterhin an ihm fest.

Er schüttelte den Kopf. „Das hat nichts mit dir zu tun, Lena. Ich mag dich wirklich, aber ich musste nur an gestern denken, als Jenny versucht hat, mich zu verführen."

Sie schob sich ein kleines Stück von ihm weg. „Jenny hat *was* versucht? Dich zu verführen? Das glaub ich nicht." Sie bemerkte, wie er ihrem Blick auswich, während er in seiner Erinnerung kramte und diese in Worte kleidete.

„Es war nach der Sauna passiert, im Whirlpool. Jenny und ich waren allein. Wir haben uns eigentlich ganz nett unterhalten.

Plötzlich saß sie auf meinem Schoß – keine Ahnung wie es dazu kommen konnte. Jedenfalls hat sie mir eindeutig zu verstehen gegeben, was sie wollte. Dann hat sie eine abfällige Bemerkung über Barbara gemacht, sie eine *Kampfmöse* genannt. Da war der Ofen bei mir aus. Ich habe ihr gesagt, dass sie so nicht über unsere Freundin sprechen sollte. Das war auch schon alles, mehr ist nicht zwischen uns gelaufen." Erst als er fertig gesprochen hatte, konnte er Lena wieder in die Augen sehen.

Lena nickte. Mit zusammengepressten Lippen fixierte sie ihn. „Verstehe! Wenn ihr also die *Kampfmöse* nicht herausgerutscht wäre, dann hättest du es mit ihr getrieben. So ein Pech für dich!" Sie schlug ihm mit den Händen an die Brust und rückte noch weiter von ihm ab.

„Lena, so war das doch gar nicht", verteidigte er sich. „Du verdrehst mir die Worte im Mund."

„Ja, sicher! Mir machst du nichts vor, Mikey-Pikey. Ich hab doch gesehen, wie du mit einem Ständer aus der Sauna gekommen bist. Ihr Männer seid doch alle gleich gestrickt. Kaum zeigt eine Frau Interesse, habt ihr euer Ding nicht mehr unter Kontrolle."

Michael schnappte nach Luft, dann stahl sich ein unverschämtes Grinsen auf sein Gesicht. „Lena, bist du etwa eifersüchtig?"

„Idiot." Sie stemmte sich an der Beckenwand hoch und kletterte aus dem Wasser.

Im selben Augenblick stürmten Martha und Barbara in die Halle und kamen mit raschen Schritten auf die beiden zu. An ihren Mienen und dem Blut auf Marthas Shirt konnte man ablesen, dass etwas Furchtbares geschehen sein musste.

„Tom ist durchgedreht. Er hat uns angegriffen", sagte Barbara und blickte über ihre Schulter zurück, woher sie gekommen waren. „Jenny ist tot. Wir müssen von hier weg, sonst passiert noch ein Unglück."

„Was? Er hat euch angegriffen? Jenny ist tot?" Lenas Stimme schlich auf leisen Sohlen zwischen ihren Lippen hindurch. Ihre Gesichtsfarbe entsprach der Farbe eines Blattes Naturpapier. Verwirrt starrte sie auf die deutlich sichtbaren Würgemale an Barbaras Hals, die den Ernst der Lage unterstrichen.

Während sich Lena und Michael notdürftig abtrockneten, wurden sie von Barbara über den Zwischenfall in der Suite aufgeklärt. Martha unterbrach sie nur ein einziges Mal, als sie sagte: „Auf diesem Hotel liegt ein Fluch." Die Frage, ob es Selbstmord oder Mord war, blieb ungelöst. Das Grüppchen eilte anschließend im Laufschritt in Lenas Zimmer, wo sich diese umzog, in warme Wäsche schlüpfte. Dann suchten sie Michaels Suite auf. Keiner von ihnen hatte im Augenblick das Bedürfnis allein zu sein. Instinktiv blieben sie zusammen. Als Michael abmarschbereit war, begaben sie sich in Barbaras Zimmer, danach folgten sie im Gänsemarsch Martha.

Michael ging zur Panoramascheibe und stierte in das Schneegestöber. „Was denkst du gerade, Mike?", fragte Lena, die sich neben ihn stellte und seinem besorgten Blick folgte. Sie konnte das Glas knistern hören.

Er drehte sich zu ihr um. Seine Hände ballten sich zu Fäusten, als wollte er die schwarze Wollmütze und die Handschuhe, die er darin festhielt, erwürgen. „Wir kommen hier nicht mehr weg." Seine Stimme zitterte, als er das sagte.

„Quatsch keine Opern", mischte Martha sich ein. „Kommt, ich bin bereit."

Die vier Freunde huschten dick eingepackt in Winterklamotten durch den Korridor, hielten währenddessen nach Thomas Ausschau. Angst war ansteckend, stellten sie fest, und sie infizierten sich untereinander immer wieder aufs Neue. Erst als sie im Freien waren, atmeten alle befreit auf.

„Mit deinem Wagen schaffen wir das nie im Leben, Babs. Wir brauchen die Schlüssel zu Jennys Geländewagen", sagte Michael, der nach wenigen Schritten stehen blieb und sich zu den anderen umdrehte. Er war bis zu den Knien im Schnee eingesunken.

„Der ist wahrscheinlich in ihrem Zimmer", entgegnete Barbara. Sie wechselten verzagte Blicke, bevor sie die Umgebung abermals in Augenschein nahmen. Eine dichte, weiße Decke hatte sich über alles gelegt. Nur die blau leuchtende Kuppel erwies sich als unbedeckt, was an der Wärme lag, die sie abstrahlte. Der geschmolzene Schnee rann in dünnen Rinnsalen an der geneigten

Front herab und verschwand in einer Drainage, die um das Thermalbad herumlief. Von den zugewehten Fahrzeugen war nicht mehr viel zu erkennen. Der böige Wind fegte Schneekristalle über den Parkplatz, die sich an jedem Hindernis auftürmten und Verwehungen bildeten. Manche davon waren schon einige Meter hoch. *Wir kommen hier nicht mehr weg.* Michaels Worte kamen Lena wieder in den Sinn. Aber erst jetzt, als sie hier draußen standen und dem Sturm ungeschützt ausgesetzt waren, erfasste sie deren Tragweite.

„Wir müssen ihn holen", sagte Barbara und drehte sich zu der Eingangstür um. Mit der Hand auf dem Knauf blickte sie in die Empfangshalle. Das Licht der Notbeleuchtung wirkte nicht gerade einladend. Der grünliche Schimmer bescherte ihr eine Gänsehaut. Er erinnerte sie an eine Leichenhalle. Genau das war es auch, eine Leichenhalle. Zwei Menschen waren gestorben, und Thomas wartete da drinnen auf sie, lauerte ihnen womöglich in einem finsteren Winkel auf. Schattenbereiche gab es unzählige an diesem grauenhaften Ort, wo sich in den letzten Stunden ein wahrer Alptraum ereignet hatte. Wollte sie wirklich zurückgehen?

Martha stampfte mit den Füßen im Schnee herum. „Ich geh da nicht mehr rein. Wir hätten nie hierherkommen dürfen, ich hab´ geahnt, dass etwas passieren wird, schon bevor wir das Hotel zum ersten Mal betreten haben … Dann diese seltsamen Geräusche, als ich allein in der Küche war. Und jetzt sind Ralf und Jenny tot! Nein, danke, ich will hier weg, je schneller, desto besser."

„Vielleicht gib es noch eine Möglichkeit", meinte Michael und zeigte auf die entlegene Ecke des Parkplatzes. „Soweit ich mich erinnere, führt hinter den Stellplätzen eine Treppe hinab. Tom hat doch gesagt, dass sich unter dem Parkplatz eine Garage befindet. Es würde mich nicht wundern, wenn dort ein Schneepflug oder Schneemobil eingestellt ist. Die Leute hier müssen ja schließlich auch bei diesen Bedingungen irgendwie zurechtkommen, den Parkplatz und die Zufahrt räumen."

„Das klingt einleuchtend", stimmte Barbara zu, ließ die Türschnalle los und setzte sich in Bewegung. Im Moment war ihr jeder Ausweg recht, der nicht in Jennys Suite führte. Allzu deutlich standen ihr die Ereignisse in dem Badezimmer noch vor Augen. „Kommt, lasst uns nachsehen." Sie drehte sich im Gehen zu Martha und Lena um. „Oder habt ihr eine bessere Idee?"

Lena und Martha folgten ihr. Sie schlossen zu den beiden auf. In einer Reihe stapften sie durch den lockeren Pulverschnee, mussten sich gegen den Wind stemmen, der unablässig an ihrer Kleidung zerrte und ihnen Schneekristalle ins Gesicht blies. Sie kamen an den Autos vorüber. Eine Seite der Fahrzeuge war komplett unter den Schneemassen begraben. Die frei zugänglichen Türen waren bis knapp unterhalb der Griffe im Schnee eingebettet.

„Damit wären wir ohnehin niemals weggekommen!", brüllte Michael, der die Führung übernommen hatte. „Nicht einmal mit Allrad!"

Die Gruppe versammelte sich am Abgang. Dank des Windes war das Geländer der Treppe schneefrei, aber die Stufen konnte man kaum noch erkennen. Sie führte in zwei Etappen den steilen Hang hinunter, wobei sich auf halber Strecke eine kleine Plattform befand, an der sie einen Knick machte, bevor man die zweite Teilstrecke in Angriff nehmen musste. Michael packte den Handlauf und stieg als Erster hinunter. „Vorsicht! Es ist verdammt glatt!", rief er zu den anderen hoch.

Martha, die als Letzte ging, rutschte plötzlich aus und schlitterte kreischend an Lena vorbei, durchbrach eine Verwehung und kullerte, sich mehrmals überschlagend, den Abhang hinunter. Dabei löste sich ein Schneebrett. Am Fuß der Treppe schlug sie auf und wurde unter den nachfolgenden Schneemassen begraben. Nur mehr ein Arm von ihr ragte aus dem Haufen heraus.

Der Rest beeilte sich, zu ihr zu gelangen. Sie vergaßen alle Vorsicht und schlitterten auf dem vereisten Untergrund talwärts. „Martha!", brüllte Barbara. Mit rudernden Armen versuchte sie das Gleichgewicht zu halten.

Die Gestürzte konnte sich selbst befreien und rappelte sich fluchend auf. Michael und Barbara erreichten Martha gleichzeitig und wollten sie stützen. „Alles okay! Mir ist nichts passiert!", versicherte sie ihnen und begann, sich den Schnee von der

Kleidung zu klopfen. „Verdammt, ist das kalt! Das Zeug kommt durch jede Ritze rein."

„Mann! Was für ein Sturz!", rief Lena. „Ich dachte schon, du hättest dir das Genick gebrochen."

„Das würde dir so passen, Zahnstocher." Martha rückte die Haube zurecht und guckte Lena grinsend an. Es wirkte fast so, als würde sie ihre Zähne fletschen.

Michael war inzwischen zum Garagentor gestapft und rüttelte an den Griffen. „Es ist abgeschlossen!", rief er den anderen zu, die daraufhin zu ihm kamen. „Das hätte ich mir eigentlich denken können."

„Was machen wir jetzt?", fragte Lena. Panik machte sich in ihr breit. Es hatte fast den Anschein, als wollte sie das Hotel nicht mehr entwischen lassen. *Wir kommen hier nicht mehr weg!*

„Wir brauchen die Schlüssel", sagte Michael und sah zur Treppe hinüber, die sie soeben heruntergekommen waren. „Die sind wahrscheinlich irgendwo an der Rezeption."

„Heißt das, wir müssen wieder zurück?", jammerte Lena.

„Sieht ganz so aus." Barbara legte eine Hand auf ihre Schulter, um sie aufzumuntern. „Glaub mir, ich bin die Letzte, die in dieses verdammte Hotel rein will, aber wie es aussieht, haben wir keine andere Wahl, wenn wir nicht zu Fuß gehen wollen."

„Ohne mich!", protestierte Martha lautstark. „Ich werde hier auf euch warten. In dieses Gruselhaus setze ich keinen Fuß mehr!" Sie zeigte mit ausgestrecktem Arm in Richtung Hotel, das sie von hier aus nicht sehen konnten. Diese Geste und ihr entschlossener Gesichtsausdruck ließen darauf schließen, dass sie es ernst meinte.

Michael zuckte mit den Schultern. „Wie du meinst. Wer kommt mit? Wer bleibt da?" Er sah Barbara und Lena abwechselnd an.

„Ich bin nicht gerade begeistert, aber wir können dich unmöglich allein da hineingehen lassen. Tom ist unberechenbar", meinte Barbara und seufzte. „Ich komme mit."

Lena wollte auf keinen Fall mit Martha zurückbleiben, daher schloss sie sich den beiden an. „Ich bin auch dabei."

Die drei machten sich auf den Weg. „Beeilt euch, es wird langsam ungemütlich hier!", rief Martha ihnen nach. Lena drehte sich an der Treppe ein letztes Mal zu ihr um, sah, wie sie mit den Füßen stampfte, um die Kälte abzuschütteln. Trotz ihrer Größe wirkte sie verloren inmitten des Schneegestöbers. *Selbst Schuld,* dachte Lena. Mit jedem anderen hätte sie bei der Garage gewartet, aber nicht mit Martha.

***

Thomas betastet die Beule an der Stirn, während er sie im Spiegel begutachtete. Die Verletzung war nicht so schlimm wie die Schmerzen an der Schulter und dem Schlüsselbein. Die Stelle, wo ihn der Sockel erwischt hatte, war dick angeschwollen. Er vermutete, dass der dünne Knochen unter dem Gewicht des Marmors nachgegeben hatte und gebrochen war. Er bildete sich jedenfalls ein, dass er einen Knick unter dem riesigen Hämatom erkennen konnte, der beim anderen Schlüsselbein, das er zum Vergleich heranziehen konnte, nicht vorhanden war.

Sein Zorn war verraucht. Der Schlag und der anschließende Schock hatten ihn verdrängt. Er war über sich selbst verwundert. Wieso waren bei ihm die Sicherungen durchgebrannt, hatte er die beiden bloß angegriffen? Er vermutete, dass Marthas Bemerkung über die Wunden an Jennys Körper der Auslöser für seine Raserei gewesen war. Er hatte voreilig Schlüsse gezogen – womöglich die Falschen. Hatte nicht darüber nachgedacht, sich von seiner blinden Wut leiten lassen. Die Trauer um Jennys Verlust hatte seine Sinne benebelt, eine Kette der sinnlosen Gewalt ausgelöst.

Thomas setzte sich auf den Rand der Wanne und betrachtete den Leichnam seiner Schwester, strich verklebte Strähnen aus ihrem Gesicht und drückte die Lider über den blinden Augen zu. Er konnte ihren glanzlosen Blick nicht länger ertragen. Nun hatte er beide für immer verloren, denn er glaubte nicht, dass Barbara ihm verzeihen und jemals wieder vertrauen würde. Er konnte sich ja nicht einmal selbst verzeihen. Seine Augen folgten den Schnittwunden, die ein konfuses Muster bildeten. Sie waren über den ganzen Oberkörper und die Arme verteilt. Einige mochten von dem Sturz in den Glastisch herrühren, aber es war schwer vorstellbar, dass sich jemand selbst solche Verletzungen zufügte, nicht einmal Jenny.

Klar, sie war hochgradig selbstmordgefährdet gewesen, kein Wunder bei dem, was sie durchgemacht hatten, als ihr Vater noch lebte. Aber sich zu verstümmeln war nicht ihr Stil. Dafür hatte sie ihren makellosen Körper zu sehr geliebt. Schönheit und Ausstrahlung waren ihr Kapital gewesen, der Anker, der ihr die Sicherheit gegeben hatte, nach der es sie verlangte, seit die Geschwister begonnen hatten, ihre eigenen Wege zu gehen. Schlaftabletten entsprachen eher der Art, wie sie aus dem Leben scheiden wollte. Immerhin hatte sie es schon zweimal auf diese Weise versucht.

Er schob den gesunden Arm unter die Leiche und hob sie aus der Wanne, ignorierte die Schmerzen, die beim Schlüsselbein aufloderten. Sein Blick fiel auf eine Scherbe, die sich unter ihr verborgen hatte. War dies das Instrument, mit dem Jenny ihr Leben ausgelöscht hatte, oder die Tatwaffe eines grausamen Mordes? Er trug sie zum Bett, legte den leblosen Körper darauf und bedeckte ihn mit dem Leinentuch.

Plötzlich vernahm er ein Geräusch. Ein gedämpftes Poltern, dessen Ursache er sich nicht erklären konnte. Es schien aus einem der oberen Stockwerke zu kommen, unmittelbar über ihm. Bestand die Möglichkeit, dass sich noch jemand im Haus aufhielt? Ein Fremder? Wo waren seine Freunde – sofern er sie noch als solche bezeichnen konnte? Denn er bezweifelte keine Sekunde, dass sie ihm zukünftig aus dem Weg gehen würden. Er erinnerte sich an die vielen Hinweise, Puzzleteile, die sein Gehirn nun zu einem verschwommenen Bild zusammenfügten. Lena, die davon überzeugt gewesen war, in der Schwimmhalle beobachtet zu werden, dann die Schritte auf dem Flur in der Nacht, als Jenny starb. Sie hatte angeblich Schreie gehört, Geräusche. Genau wie Martha. Ihr angsterfülltes Gesicht tauchte aus seiner Erinnerung auf, der Obstkorb, den sie aufgespießt hatte. Er musste sich Gewissheit verschaffen. Wenn Barbara nichts mit der Sache zu tun hatte, dann waren sie alle in Gefahr, dann hatte er einiges wiedergutzumachen.

Thomas schaltete das Licht in der Suite ab, schlich zur Treppe, entfernte die Plombe, die den Notfallkasten versiegelte, nahm vorsichtig die Feuer-Axt aus der Halterung und stieg langsam im Zwielicht der Notbeleuchtung die Stufen zum ersten Stockwerk hinauf. Er war nicht oft dort oben gewesen, die meisten Räume waren noch nicht fertiggestellt, die Zimmer hatten weder Strom noch Wasser. Das fehlende Sonnenlicht tat das Übrige, um eine Atmosphäre zu schaffen, bei der er am liebsten wieder kehrt gemacht hätte. Er ging weiter, tat es für seine Freunde, für Jenny.

***

„Hab sie", verkündete Michael, woraufhin Barbara und Lena die Suche einstellten und zu ihm gingen. In einem Kästchen lagen die Zimmerschlüssel, noch in den Originalschachteln verpackt, die fein säuberlich übereinandergestapelt waren. Andere Schlüssel hingen auf kleinen Haken, mit beschrifteten Plaketten versehen. Michael sah sie der Reihe nach durch, drehte diejenigen Anhänger um, die ihm ihre Rückseite präsentierten, damit er die Aufschriften lesen konnte. „Wer sagt's denn? Ich bin ein Genie." Er nahm eine Handvoll an sich und präsentierte sie stolz den beiden Freundinnen.

„Du hattest mit deiner Vermutung recht", bemerkte Barbara erleichtert. „Hier steht Schneepflug drauf, und da sind zwei Schlüssel mit der Bezeichnung Ski-doo."

„Was ist ein Ski-doo?", fragte Lena, die sich nervös in der Empfangshalle umsah, weil sie jeden Moment damit rechnete, dass Thomas plötzlich aus einem der Schattenbereiche hervortreten könnte, um sich auf sie zu stürzen.

„Ein anderes Wort für Schneemobil", klärte Michael sie auf. „Den Schlüssel für die Garage hab ich auch gefunden." Sein Blick fiel auf eine Tafel, auf der die Fluchtwege markiert waren. Es war eine einfache, schematische Darstellung aller Etagen darauf abgebildet. „Seht mal." Mit dem Zeigefinger folgte er der Strecke vom Empfang zur Garage. „Es gibt einen Weg, der durch den Keller direkt in die Garage führt."

„Heißt das, wir müssen nicht noch mal durch den Schnee stapfen?", folgerte Lena erleichtert.

Michael schüttelte den Kopf. „Der Abgang in die untere Ebene muss sich gleich hier drüben befinden." Er zeigte auf einen schmalen Korridor, der zwischen dem Tresen und den beiden Aufzügen in den rückwertigen Teil des Hotels führte und bisher niemandem aufgefallen war.

„Okay, sehen wir nach", schlug Barbara vor und machte sich auf den Weg.

Sie passierten Toiletten und eine Nische mit einem Münztelefon. Am Ende des kurzen Flurs führte eine Treppe in den unteren Bereich. Wie überall im Haus brannte auch hier nur die Notbeleuchtung. Im Keller war es viel kälter als im restlichen Hotel. Hier hatte man auf Putz, Farbe und Bodenbeläge verzichtet. Über ihren Köpfen wanden sich isolierte Leitungen und Rohre in einer für sie undurchschaubaren Anordnung. Ihre Schritte hallten von den nackten Betonwänden wider. Die Lampen wiesen ihnen den Weg von Tür zur Tür. Die meisten Nebenräume waren beschriftet. *Lagerraum, Heizanlage, Generator,* verkündeten die Schilder, was sich dahinter verbarg. Der Flur endete an einem Notausgang. Die Tür links davon führte in die Garage.

Sie war größer, als sie vermutet hatten. Zielstrebig steuerte Michael auf einen kleinen Traktor mit Schneeschaufel zu. „Kannst du so ein Ding steuern, Babs?" Er überreichte ihr den Zündschlüssel.

Barbara blickte skeptisch in die Kabine, die nur einer einzigen Person Platz bot. „Ich könnte es ja mal versuchen. Wird nicht viel Unterschied zu einem Auto sein", antwortete sie. „Aber ich frage mich, wo ihr Platz nehmen wollt?"

„Stimmt! Dann bleiben nur die Schneemobile." Er deutete auf zwei rot lackierte Geräte, die etwas abseits standen.

Sie gingen zu den Kettenfahrzeugen und nahmen diese von allen Seiten unter die Lupe. „Glaubt ihr, dass Benzin in den Tanks ist?", fragte Lena und schwang sich auf den Sattel.

Michael schraubte den Deckel auf. „Ich kann nichts erkennen, aber normalerweise müsste er voll sein. Man lässt keine Maschine mit leerem Tank über den Winter stehen. Er würde zu rosten beginnen."

Lena war erstaunt. „Woher weißt du das alles?"

„Keine Ahnung. Ich quatsche halt viel mit den Leuten. Da schnappt man das eine oder andere auf." Trotz der spärlichen Lichtverhältnisse konnte sie erkennen, dass er lächelte. Lena erinnerte sich, ein Feuerzeug in der Hosentasche zu haben. Damit hatten sie am Vorabend die Joints in Brand gesetzt. Sie kramte es hervor und hielt es ihm vor die Nase. „Hier, ich hab ein Feuerzeug."

Michael sah sie im ersten Augenblick bestürzt an, dann lachte er. „Willst du uns in die Luft sprengen?"

„Oh, wie blöd von mir." Sie ließ das Feuerzeug beschämt in der Tasche verschwinden und beobachtete, wie er einen Finger in die Öffnung steckte.

Er zog ihn wieder heraus und roch daran. „Wie ich gedacht habe. Der Tank ist voll." Den zweiten Ski-Bob unterzog er dem gleichen Test. „Beide sind voll einsatzfähig."

„Gut, dann machen wir das Tor auf und lassen Martha herein", schlug Barbara vor und klatschte in die Hände. „Die Arme ist sicher schon ganz erfroren."

Sie gingen zum Garagentor. Michael fand rasch heraus, wie es sich öffnen ließ. Mit dem Schlüssel entsperrte er das mechanische Schloss und drehte an einer Handkurbel. Über einen Seilzug wurde die Front angehoben. Sie folgte auf Rollen einem bogenförmigen Schienensystem, das an der Decke montiert war. Der lamellenartige Aufbau ermöglichte es, dass sich die Wand knicken ließ. Rumpelnd fuhr sie hoch, und der Wind drängte augenblicklich zu ihnen herein und brachte Schnee und Kälte mit.

Die drei verließen die Garage und hielten Ausschau nach Martha. Sie war verschwunden.

„Wo steckt sie? Könnt ihr sie sehen?" Michael schirmte die Augen mit einer Hand ab, um die stechenden Eiskristalle fernzuhalten, die es unter die Brillengläser schafften. Der Sturm hatte an Kraft gewonnen, weshalb die Sicht erheblich eingeschränkt war.

„Wir müssen sie suchen!", rief Barbara. „Sie kann nicht weit weg sein. Nehmt ihr die Treppe! Ich laufe die Straße hoch!"

Sie streiften sich die Handschuhe über, schlossen die Jacken bis zum Hals und schwärmten aus. „Martha! Martha!" Die Rufe schienen vom Schneegestöber erstickt zu werden. Trotzdem folgten sie dem Plan. Während Michael und Lena die neuerlich dick zugewehten Stufen erklommen, folgte Barbara der Zufahrtsstraße. Auf dem Parkplatz trafen sie wieder zusammen.

„Nichts! Keine Spur von ihr!", brüllte ihnen Barbara entgegen.

„Verdammt!", fluchte Michael. „Wieso kann sie nicht warten?"

„Das ist typisch Martha!", eiferte sich Lena. „Sie muss immer ihren eigenen Willen durchsetzen."

„Scheiße! Es wird bald dunkel. Man kann jetzt schon kaum etwas erkennen", stellte Barbara fest. „Wir müssen los, ehe es zu spät ist."

„Willst du wirklich ohne sie fahren?" Michael suchte noch einmal verzweifelt die Umgebung ab.

Lena zerrte an seinem Arm. „Sie ist selber schuld. Erst wollte sie nicht mit uns gehen. Dann konnte sie nicht warten. Weiß der Teufel, wo sie steckt!"

Sie rutschten die Treppe hinunter und versammelten sich um die Schneemobile.

„Weißt du denn, wie man damit fährt?", fragte Barbara Michael.

„Es ist das gleiche Prinzip wie beim Motorradfahren." Dann erklärte er ihr, was sie tun musste. Dabei kam ihm zugute, dass er als Jugendlicher ein Moped besessen hatte.

Die nagelneuen Maschinen sprangen sofort an. Lena nahm hinter Michael Platz, und er lenkte den Bob als Erster aus der Garage. Obwohl es für sie ungewohnt war, alles mit den Händen zu bedienen, fand Barbara schnell heraus, wie sie Gas geben musste und wie die Kupplung funktionierte. Michael fuhr langsam, sodass sie seiner Spur leicht folgen konnte. Das geringe Tempo, das er vorlegte, lag zum größten Teil daran, dass die Sichtverhältnisse sehr schlecht waren und die dicke Schneedecke ein rascheres Vorankommen ohnehin unmöglich machte. Zu guter Letzt befanden sie sich auf unbekanntem Terrain. Jede Richtungsänderung dieser kurvigen Strecke kam für den Führenden überraschend.

Barbara musste sich lediglich an den Rücklichtern des vorderen Ski-doos orientieren. Sie kamen an einen steileren Abschnitt. Wie lange sie schon unterwegs waren, konnte sie nicht bestimmen, da sie jegliches Zeitgefühl verloren hatte. Mit zugekniffenen Augen bemühte sie sich, an Michael und Lena dranzubleiben, den Anschluss nicht zu verlieren. Das Schneemobil nahm bergab Fahrt auf. Für ihren Geschmack waren sie viel zu schnell unterwegs. Plötzlich prallte das vordere Gefährt gegen ein Hindernis und kippte zur Seite. Sie sah, wie ihre Freunde vom Sitz geschleudert wurden. Barbara verriss den Lenker, um die beiden nicht zu überfahren, bemerkte, dass sie auf einen Abhang zusteuerte und sprang im letzten Moment ab. Der Ski-doo segelte einige Meter durch die Luft und krachte auf einen Felsvorsprung, dann verschwand er sich überschlagend aus ihrem Sichtfeld. Dank der dicken Schneedecke war sie selbst weich gelandet. Sie kämpfte sich aus einer Wehe heraus und kroch auf die Straße zurück, suchte das Schneefeld nach ihren Freunden ab.

Michael und Lena rappelten sich hoch und liefen auf sie zu. „Hast du dich verletzt?", keuchte Michael und half ihr auf die Beine.

„Nein, Gott sei Dank nicht. Was ist passiert?"

Sie stapften gemeinsam zu dem umgekippten Schneemobil. „Ich muss auf einen Felsen oder Baumstamm aufgefahren sein. Verdammte Kacke, das Ding ist im Eimer!" Er kniete vor dem Gefährt nieder und begutachtete die Kufen. Eine war geknickt, die zweite zur Gänze aus dem verbogenen Gestänge herausgebrochen.

„Wir müssen zurück", stellte Barbara ernüchtert fest und sah zum Himmel hoch. „Es hat keinen Zweck. Es wird schon finster."

„Können wir nicht weitergehen?", jammerte Lena. „Wir sind doch schon so weit gekommen."

Michael stand auf und drückte sie an sich. „Lena, wir haben gerade mal einen Bruchteil der Strecke geschafft. Wenn wir jetzt ins Tal hinabsteigen, dann ist das glatter Selbstmord. Wir könnten uns verirren, abstürzen oder erfrieren. Bald ist es hier so dunkel, dass du nichts mehr erkennen kannst."

„Kommt schon, beeilt euch!" Barbara stapfte los, ohne auf die anderen zu warten.

„Ich hasse dieses verdammte Hotel, die Berge, den Schnee!", brüllte sie und stieß Michael von sich. „Ich will nach Hause!"

„Wir können nicht weitergehen, Lena. Ist das so schwer zu begreifen? Es ist aus und vorbei. Wenn wir im Freien bleiben, dann sterben wir. Das ist nicht die Wiese hinter dem Haus deiner Großmutter, das sind die Berge, es stürmt und schneit auf Teufel komm raus. Bei solchen Bedingungen sind schon erfahrene Bergsteiger ums Leben gekommen."

„Dann geh doch meinetwegen zurück! In dieses verfluchte Hotel setze ich jedenfalls keinen Fuß mehr!"

„Ach, mach doch, was du willst!" Er war mit seiner Geduld am Ende. Mit einer resignierenden Handbewegung drehte er sich von ihr weg und folgte Barbara.

11 LENA

Lena verschränkte trotzig die Arme und wandte den beiden demonstrativ den Rücken zu. Die knirschenden Schritte entfernten sich, verloren sich bald im stetigen Brausen des Windes. Hier gab es nicht viel, was dem Sturm Widerstand bot, daher hielten sich die Geräusche, die ein Unwetter üblicherweise mit sich brachte, in Grenzen. *Ich geh' nicht zurück! Niemals!* Sie spekulierte darauf, dass Michael umkehren würde, wenn er bemerkte, dass sie es ernst meinte. Vielleicht konnte sie ihn dann zur Vernunft bringen und ihn überreden, mit ihr ins Tal abzusteigen. Das Hotel war für sie als Alternative abgehakt, vor allem, seit Tom durgedreht und Martha spurlos verschwunden waren. Ihr kam es so vor, als wäre sie die Einzige, die imstande war, die Lage richtig einzuschätzen. Sie brauchten nur der Forststraße folgen. Das konnte nicht so schwer sein. Der Tiefschnee würde ihr fortkommen behindern, so viel war klar, aber bergauf stellte sie sich die Aufgabe wesentlich schwerer vor. Wie weit es wohl bis zum Tal wäre? Michael hatte behauptet, sie hätten bis hierhin nur einen kleinen Teil der Strecke geschafft – *Bruchteil,* hatte er gesagt. Auch wenn sie mehrere Stunden brauchen würden: Jeder Schritt, den sie machten, würde sie ein Stück weiter wegbringen, weg von diesem schrecklichen Ort.

Im gleichen Ausmaß, wie ihre Wut an Kraft verlor, begann sie zu frieren. Die Taktik, bewegungslos im Tiefschnee zu stehen, schutzlos diesem nervigen Wind ausgesetzt, zeigte Wirkung. Sie lauschte angestrengt, konnte jedoch keine knirschenden Schritte hören, die Michaels Rückkehr ankündigten. Lena drehte sich um, suchte im Gestöber nach den Silhouetten ihrer Freunde. Alles, was sie erkennen konnte, war, dass die Spuren der beiden allmählich zugeweht wurden. In diesem Augenblick traf sie die Erkenntnis wie ein Nadelstich ins Mark. Die Weggefährten würden nicht zurückkommen. Sie war auf sich allein gestellt.

„Mike? Babs?", rief sie und begann zu laufen. „Wo seid ihr? Lasst mich nicht allein!" Der lockere Schnee gab bei jedem Schritt nach und ließ so etwas Simples wie das Gehen zur Schwerstarbeit ausarten. Lena musste alle Kraft aufwenden und stellte das Rufen ein. Ihr fehlte dazu schlichtweg die Luft. Schon nach wenigen Metern begann sie zu keuchen. Hinter der nächsten Kurve verschwanden die Fußabdrücke der Freunde förmlich vor ihren Augen. Der Hang zu ihrer Linken flachte merklich ab, was dem Wind freie Bahn gewährte. Für sie war es ein boshafter Akt der Zerstörung, objektiv betrachtet ebnete er die Oberfläche zu einer harmonischen Gleichförmigkeit.

Sie musste die Hand zum Schutz vor die Augen halten, um wenigstens ein paar Meter weit zu sehen, taumelte blind in die diffuse Winterlandschaft hinaus, aus der sich das Tageslicht inzwischen vollständig zurückgezogen hatte. Plötzlich gab der Boden nach, und Lena stürzte ab. Schnee drang in ihren Mund ein und erstickte den Aufschrei im Keim. Sie war nicht tief gefallen, die Landung war weich, aber trotzdem wurde die Abwärtsbewegung abrupt gestoppt. Sie spuckte aus, befreite ihren Kopf aus der kalten Umklammerung und rang nach Luft. Ihr nächster Impuls war, einfach liegen zu bleiben und die Augen zu schließen. Sie war müde. Die letzte Nacht hatte ihr keine Erholung gebracht, der Kampf gegen den Sturm benötigte mehr Energie, als in ihr steckte. Wie sollte sie diese aufbringen? Eine Tasse Kaffee, von der sie die Hälfte verschüttet hatte, war alles, was sie im Lauf des Tages zu sich genommen hatte. Sie dachte in jenem Moment, dass sie und ihre Freunde denkbar schlecht auf die Flucht aus dem Hotel vorbereitet gewesen waren, zu überhastet hatten sie sich in das Abenteuer gestürzt, ohne einen Gedanken daran zu verschwenden, was sie erwarten würde.

Einfach liegen bleiben und schlafen. Das klang verlockend. Verbitterung keimte in ihr hoch. Michael und Barbara hatten sie im Stich gelassen. Lena mobilisierte ihre letzten Reserven, kroch mit immensem Aufwand eine Steigung hinauf. Sie war nicht sehr hoch, aber dafür umso steiler. Das brachte sie auf den Gedanken, dass sie in einen Abwassergraben gefallen war, durch den im

Frühjahr das Schmelzwasser abfließen konnte. Leider hatte sie die falsche Seite erwischt, um daraus zu entkommen. Die Forststraße befand sich jenseits der Rinne. Während sie überlegte, ob sie wieder hinuntersteigen und die andere Wand hochklettern sollte, sah sie sich um. Der Nadelwald war in diesen Höhen ausgedünnt, die Abstände zwischen den Bäumen relativ groß. Sie konnte einzelne Exemplare erkennen, die sich dunkel von der Schneedecke abhoben. Zwischen zwei Tannen zeichnete sich ein dunkles Rechteck ab, das ihre Aufmerksamkeit auf sich zog. Sie kniff die Augen zusammen und nahm das Objekt genauer unter die Lupe. Konnte es sich dabei um eine Hütte handeln? Je länger sie hinsah, umso mehr verwandelte sich dieser Fleck in eine Wand aus zusammengefügten Baumstämmen.

Lena rappelte sich auf und pflügte durch den Tiefschnee auf den vermeintlichen Unterschlupf zu. Als sie vor der Tür einer einfachen Hütte stand, konnte sie es nicht glauben. Ein primitiver Riegel aus Holz entpuppte sich als einziges Hindernis zwischen ihr und dem schützenden Dach. Sie öffnete ihn und starrte in die absolute Dunkelheit hinein. Mit pochendem Herzen verharrte sie an der Schwelle. „Hallo? Ist da jemand?" Der Geruch von nassem Holz und kaltem Rauch schlug ihr entgegen. Keine Antwort, nur das Pfeifen des Windes begleitete ihren ersten Schritt ins Innere. Schemenhafte Konturen begannen sich abzuzeichnen, ein Tisch, ein Stuhl, mehr konnte sie nicht erkennen.

Sie erinnerte sich an das Feuerzeug in der Jackentasche und hoffte, dass sie es nicht bei einem der Stürze oder Kletterpartien verloren hatte. Es war noch da. Lena musste einen Handschuh abstreifen, um es in Betrieb nehmen zu können. Mit klammen Fingern brauchte sie mehrere Anläufe, bis es kurz aufflackerte. Der Wind, der hinter ihrem Rücken hereinfegte, löschte es sofort wieder aus. Sie verriegelte die Tür und probierte es nochmals. Im spärlichen Schein der kleinen Flamme sah sie sich um. Der Raum war nicht größer als das Schlafzimmer ihrer Zweizimmerwohnung im Studentenheim, aber er beherbergte alles, was sie im Augenblick benötigte. Eine Truhenbank, den Tisch und den Stuhl und einen Kanonenofen. Einige Holzscheite waren daneben aufgeschichtet, obenauf stand eine Petroleumlampe. Sie spürte, wie ihre Lebensgeister erwachten. Mit zwei vorsichtigen Schritten war sie an der Feuerstelle und griff nach dem Henkel der Lampe. Im selben Moment verbrannte sie sich die Finger an dem heißen Feuerzeug. Das Licht erlosch. Sie versuchte sich zu erinnern, wo der Stuhl gestanden hatte, tastete danach und stieß mit der Hand gegen die Lehne. Lena zog ihn heran, setzte sich darauf, stellte die Laterne auf dem Tisch ab und wartete, bis sich das Gehäuse des Feuerzeugs abgekühlt hatte.

Sie hörte ihren eigenen Atem, die schnellen Herzschläge, den Wind, der leise um das Blockhaus pfiff. Hoffentlich war Petroleum in der Lampe. Michaels Stimme erklang in ihrem Kopf. *Man lässt keine Maschine mit leerem Tank über den Winter stehen. Er würde zu rosten beginnen.* Traf das auch auf Laternen zu? Immerhin würden diese auch Rost ansetzen. Mit zitternden Fingern hantierte sie mit dem Feuerzeug, hob den Glaszylinder an und hielt die Flamme an den Docht. Er begann zu glosen. *Brenn, bitte!* Ihre Bitte wurde erhört. Es erschien ihr wie ein Wunder, als das warme Licht den Raum flutete.

12 DIE ZWEITE NACHT

Mit jeder Minute, die verstrich, wuchs Marthas Ungeduld. *Wo bleiben die denn so lang? Während ich mir hier draußen den Arsch abfriere, haben die es da drinnen gemütlich. Scheiße!* Sie stellte sich vor, wie Lena, Michael und Barbara in der Küche standen und heißen Tee schlürften. *Eine Tasse Tee! Das wäre jetzt eine Wohltat.* Als die Kälte unerträglich wurde, stapfte sie die Zufahrtsstraße zum Hotel hoch. Die Treppe vermied sie aus gutem Grund. Wenige Minuten später schlurfte sie schlotternd in die finstere Küche. Von den Freunden war weit und breit nichts zu sehen. Wer brauchte schon die anderen? Sie kam ebenso allein zurecht. Sie betätigte alle Schalter neben der Tür, bis die Küche in hellem Licht erstrahlte. Ein Wasserkocher war schnell gefunden, und während sie darauf wartete, dass das Wasser darin zu kochen begann, machte sie sich auf die Suche nach Teebeuteln. Im Lagerraum, in den man durch eine Schiebetür neben den Kühlschränken gelangte, wurde sie fündig. Mit einer Schachtel Schwarztee in der einen und einer Literflasche Rum in der anderen Hand kehrte sie zu dem Kocher zurück.

Die erste Tasse enthielt noch eine geringe Menge Alkohol, bei der zweiten war Martha weniger sparsam, und bei der dritten genehmigte sie sich zwei Fingerbreit Tee im Rum. „Diesen Tee lobe ich mir." Zwischendurch plünderte sie den Kühlschrank, hielt sich jedoch nicht damit auf, aufwändig Brötchen zuzubereiten, sondern quetschte die Mayonnaise aus der Tube direkt auf Schinken und Käse. Oliven, Kapern und Essiggurken fischte sie mit den Fingern aus den Gläsern.

Als der erste Hunger gestillt war, schnappte sie sich das restliche Gebäck vom Frühstück und schichtete die Lebensmittel in eine große Schüssel. Plötzlich wurde sie von einem angenehmen Schwindel befallen. Sie setzte sich an Ort und Stelle auf den Boden und seufzte wohlig. „Sollen doch die anderen Hilfe holen. Ich bleibe hier …" Sie nahm einen kräftigen Schluck aus der Flasche, die mittlerweile fast leer war. „… in der warmen Küche." Martha legte einen Arm liebevoll um das Gefäß mit den Lebensmitteln. Eigentlich wollte sie die *Beute* in ihr Zimmer schleppen, um dort das Gelage fortzusetzen. Sie musste nur kurz ausruhen, die Suite lief ihr nicht davon. Die Küche verschwamm vor ihren Augen, die schweren Lider klappten zu, und sie schlief im Sitzen ein, den Rücken gegen einen Backofen gelehnt. Die Rumflasche entglitt ihrer erschlaffenden Hand, fiel um und rollte leise klirrend ein Stück über den Fliesenboden davon.

★★★

Michael und Barbara warfen einen Blick in die hell erleuchtete Küche.

„Ich hätte schwören können, dass wir sie hier antreffen", sagte er und schüttelte sich. Schnee fiel von seiner Jacke. Er riss sich die steifgefrorene Haube vom Kopf und klopfte damit seine Hosenbeine ab.

Barbara war ebenfalls damit beschäftigt, sich vom Schnee zu befreien. „Irgendwer muss jedenfalls das Licht angemacht haben. Vielleicht ist sie auf ihrem Zimmer."

„Sehen wir nach."

Obwohl sie kaum noch die nötige Kraft dazu besaßen, durchquerten sie im Laufschritt die Empfangshalle, halb in der Erwartung, dass sie Thomas begegnen würden. Doch der Flur war leer. Irgendwie beschlich Barbara in jenem Moment das Gefühl, dass das ganze Hotel verlassen war, sich kein Mensch mehr darin aufhielt außer ihnen. Keiner, der lebte. Diese Ahnung wurde genährt, als sie Marthas Zimmer aufsuchten.

Michael steckte den Kopf ins Badezimmer, drehte sich zu Barbara um und schüttelte ihn verneinend. „Sie ist nicht da."

Von seinem feucht glänzenden Gesicht konnte sie die Sorge um die verschwundenen Freunde ablesen. „Verdammt, wo kann sie nur sein? Es ist zum Verzweifeln!" Ein Kälteschauer durchfuhr sie, ihre Zähne schlugen in schnellem Rhythmus aufeinander. So sehr sie sich auch bemühte, sie konnte es nicht verhindern.

Michael kam auf sie zu, legte seine Hände auf ihre Schultern. „Keine Ahnung, Babs. Wir müssen aus den nassen Klamotten raus und uns irgendwie aufwärmen."

Sie nickte. „Es ist nur so verdammt kalt in diesem Haus!" Er führte sie in ihr Zimmer. „Geh unter die Dusche und zieh dir etwas anderes an." Dann drehte er um in der Absicht, in seine Suite zu gehen und das Gleiche zu tun.

„Mike!", rief Barbara ihn zurück. „Geh nicht weg! Wir müssen zusammenbleiben. Schließ die Tür ab."

Er sah sie fragend an. „Ist es wegen Tom? Fürchtest du, er könnte dir etwas antun?"

Sie warf die Daunenjacke auf die Couch und begann sich aus der feuchten Kleidung zu schälen. „Nicht nur deshalb, Mike. Überleg mal! Jedem, der allein war, ist etwas zugestoßen – oder derjenige ist plötzlich verschwunden."

„Ralf hast du ausgeknockt." Michael sperrte ab und kam näher.

„Ja, aber er ist ertrunken, und es war zu dem Zeitpunkt keiner bei ihm. Ich habe darüber nachgedacht. Der Schlag gegen die Nase kann unmöglich heftig genug gewesen sein, um ihn umzubringen."

Er streifte seine Jacke ab, warf sie über einen Stuhl und wendete den Blick ab, weil Barbara nun nackt vor ihm stand. „Vielleicht hast du recht, was Ralf betrifft. Lena und Martha sind freiwillig zurückgeblieben; und woher willst du wissen, dass ihnen etwas passiert ist?"

„Mag sein", entgegnete sie und verschwand im Badezimmer.

„Aber sie sind trotzdem irgendwo da draußen, weil wir sie allein gelassen haben."

Michael ging ihr nach, blieb vor der Schwelle stehen. Barbara überreichte ihm den Bademantel. Er sah, dass sie zitterte. Ihr gesamter Körper war von einer Gänsehaut überzogen und schimmerte rötlich. Verlegen blickte er zum Fenster raus.

Barbara gluckste. „He, Mike, da ist nichts, was du noch nicht gesehen hast." Sie stieg in die Kabine und drehte das Wasser auf.

Michael musste ins Bad eintreten, damit sie sich weiter unterhalten konnten. „Ich mache mir trotzdem Vorwürfe, Babs.

Wir hätten Lena überreden müssen mitzukommen. Das ist glatter Selbstmord. Sie wird erfrieren."

„Sie ist nicht so blöd und versucht, allein ins Tal abzusteigen. Sie wird jeden Moment hier auftauchen. Du wirst es schon sehen!" Michael zog sich aus und warf die durchnässten Kleidungsstücke ins Wohnzimmer. Dann schlüpfte er in den Bademantel. „Ich hoffe, du hast recht." Er betrachtete ihre Silhouette, die sich hinter der beschlagenen Scheibe abzeichnete, dachte nach. Es sah tatsächlich so aus, als wären sie im Moment allein im Haus. „Was ist mit Martha oder Tom?", fragte er nach einer Weile.

Barbara drehte das Wasser ab und stieg aus der Wanne. „Keine Ahnung, was Tom macht. Es geht mir, ehrlich gesagt, am Arsch vorbei, aber warum Martha nicht mehr bei der Garage stand, ist mir ein Rätsel. Findest du es nicht seltsam, dass wir sie nicht einmal hier im Hotel finden konnten?"

Er beobachtete, wie sie sich abtrocknete. „Wir haben in den oberen Etagen nicht nachgesehen."

„Was soll sie dort oben machen?"

Er zuckte mit den Schultern.

„Wenn du willst, kannst du ja gerne nachsehen. Ich habe kein Bedürfnis, durch dieses unheimliche Hotel zu laufen, um nach ihr zu suchen. Du etwa?", fragte sie und ging an ihm vorbei ins Wohnzimmer.

„Nein, aber ich finde, du siehst Gespenster, Babs. Jenny hat sich umgebracht, Ralf ist ertrunken. Lena ist noch im Freien. Wohin Tom und Martha verschwunden sind, kann ich mir selbst nicht erklären, aber ich denke, dass es dafür eine logische Erklärung gibt."

Barbara schlüpfte in eine Jogginghose und einen Sweater. Sie blickte ihn ernst an. Als sie fertig war, kam sie zu ihm zurück. „Du hast Jenny nicht gesehen, Mike. Sie hatte überall Schnitte. Ihr Oberkörper war übersät davon. Das kann sie unmöglich selbst getan haben."

„Du denkst also wirklich, jemand hat sie getötet?" Er war verwirrt. „Wer?"

„Was glaubst du, Mike?"

Er schluckte. „Ist dir klar, was das bedeutet? Wenn du recht hast, dann kann es nur einer von uns getan haben."

Sie nickte. „Jetzt weißt du, warum ich nicht allein sein wollte ... Übrigens, die Dusche ist frei." Mit diesen Worten ging sie zum Bett und warf sich hinein.

Michael dachte darüber nach, was sie gesagt hatte, während er die warmen Strahlen der Dusche genoss. Oberflächlich mochte er aufgewärmt sein, aber innerlich hatte die Kälte einen fixen Platz in seinem Körper eingenommen. Während er in den Bademantel gehüllt aus dem Badezimmer herauskam, fiel plötzlich das Licht aus.

„Was war das?", hörte er Barbaras aufgeregte Stimme.

Michael sah aus dem Fenster, wo der weiße Schnee bewirkte, dass ein leichter Schimmer ein Stück weit in den Raum hereinfiel. Die Kuppel war erloschen. „Der Strom ist ausgefallen."

„Scheiße! Was hat das zu bedeuten?"

Michael fröstelte, als er zur Eingangstür hinüberschaute. „Dass jetzt nicht einmal die Notbeleuchtung funktioniert. Die Heizung wahrscheinlich auch nicht. Und wenn es die Pumpen erwischt hat, dann ist mit Warmwasser auch Schluss."

„Wie kann das passieren?"

„Ich weiß es nicht, Babs. Ich hoffe, dass nur das Unwetter dafür verantwortlich ist ... Hast du irgendetwas, das man als Waffe verwenden könnte?"

Er hörte sie schnaufen. „Wenn du eine Nagelfeile oder Schere als solche bezeichnen willst, dann bediene dich, liegen auf dem Waschtisch."

„Was ist mit einer Taschenlampe?"

„Im Handschuhfach. Aber ich bezweifle, dass die Batterien noch in Ordnung sind."

Er tastete sich durch den Raum vorwärts, stieß gegen die Bettkante und setzte sich auf die Matratze. „Kann ich zu dir unter die Decke schlüpfen, Babs? Mir ist kalt."

„Sicher, Mike. Komm her." Sie raschelte mit der Decke.

Er legte sich neben sie, spürte, wie sie die Decke über ihn warf und näher rückte, bis sich ihre Körper berührten. Die Wärme tat gut.

„Gestern hat Tom hier gelegen", stellte er fest und faltete die Hände über dem Bauch.

„Worauf willst du hinaus, Mike?"

Er schluckte. „Ich überlege nur, wer als Mörder infrage käme. Im Prinzip hatte jeder die Gelegenheit dazu, außer euch beiden." Sie kuschelte sich an ihn. Er konnte ihren warmen Atem an seinem Hals spüren, ihre Brüste berührten seinen Arm. Ein Schenkel lag halb auf seinem. Ihre Hand ruhte auf seiner Schulter. So nah war sie ihm noch nie gewesen. Kein Mädchen, keine Frau hatte jemals mit ihm in einem Bett gelegen. Es fühlte sich fremd an, aufregend anders.

„Ich könnte es genauso getan haben", entgegnete sie. „Während Tom schlief, hatte ich genug Zeit, das Zimmer zu verlassen, zu Jennys Suite hinüberzuschleichen und sie umzubringen. Genau das hat er mir vorgeworfen, während er mir die Kehle zudrückte." Sie begann leise zu weinen. „Ich hatte das stärkste Motiv von allen, ach was, eigentlich bin ich die Einzige, die davon profitiert hätte."

Michael schob seinen Arm unter ihren Kopf, und sie legte ihn auf seine Brust. Er tätschelte ihre Hand. „Nicht doch, Babs. Ich weiß doch, dass du es nicht warst."

„Wieso bist du dir da so sicher? Hast du sie ermordet?" Sie schniefte.

Er musste lachen. Es war ein knapper Laut. „Nein, Babs. Ich war es nicht, aber ich könnte es getan haben. Ich war allein gestern Nacht. Und ich muss gestehen, dass mein Motiv schwach ist."

„Du hast ein Motiv?"

„Sie hat sich im Whirlpool an mich herangemacht, dann hat sie abfällige Bemerkungen über dich gemacht, daraufhin habe ich sie in die Schranken gewiesen, diese blöde Kuh."

„Was hat sie denn über mich gesagt?"

„Dass du es wahrscheinlich gerade mit Ralf treiben würdest. Ich denke mal, dass er einer von der Sorte war, der keine Gelegenheit ausgelassen hat, um Jenny zu betrügen."

Ihre Hand schlüpfte unter seinen Bademantel. Er genoss die zärtliche Berührung auf seiner Brust, auch wenn er diese intime Nähe in jener Situation nicht für angebracht hielt.

„Darin standen sich die beiden in nichts nach. Danke für deine Ehrlichkeit. Wie es aussieht, bist du der letzte Freund, der mir geblieben ist."

Thomas hatte sie abgeschrieben, das konnte Michael ihr nicht verdenken. Er selbst war ziemlich enttäuscht über dessen Wutausbruch. Das wollte so gar nicht zu ihm passen. Aber der letzte Freund? Was war mit den anderen? *Martha? Lena?*

„Was ist mit Martha und Lena? Sie sind verschwunden, aber nicht tot", stellte er klar.

„Martha macht mir ein wenig Angst", flüsterte sie. „Du warst nicht dabei, aber als ich mit ihr sprach, nachdem sie sich beim Frühstück mit Lena gestritten hatte, hat sie etwas Sonderbares zu mir gesagt, sodass es mir eiskalt über den Rücken runtergelaufen ist. Sie hat gemeint, es wäre doch praktisch, wenn Jenny nicht mehr da wäre ... Das war, bevor wir wussten, dass sie tot ist, Mike."

Michael ahnte, worauf Barbara anspielte. „Martha stellt manchmal verrückte Sachen an und redet, bevor sie denkt, und sie kippt sich hin und wieder einen hinter die Binde, aber das macht sie doch nicht automatisch zur Hauptverdächtigen."

„Erinnerst du dich, wie gleichgültig sie gewirkt hat, als wir Ralfs Leiche fanden? Ich hab nachgedacht. Sie war einen kurzen Augenblick weg, bevor Jenny und ich uns in die Haare kriegten. In der Nacht, in der Jenny starb, war sie allein. Tom ist verschwunden, Martha ist plötzlich untergetaucht. Wo stecken die beiden? Er hat sie attackiert, Mike. Vielleicht ist sie abgehauen, um sich an ihm zu rächen, während wir draußen waren."

Mike durchlief ein Schauer, und das lag nicht an Barbaras Hand, die noch immer auf seiner nackten Brust ruhte. „Babs! Du siehst in jedem gleich einen Mörder. Hast du bei Lena vielleicht auch eine passende Theorie?"

„Lena?" Barbara gluckste. „Die ist vielleicht eifersüchtig auf alles und jeden, aber sie traut sich ja nicht einmal, über den Tellerrand zu schauen."

„Eifersüchtig? Auf wen? Warum?"

„Hast du denn nicht bemerkt, wie sie dich anhimmelt?"

Michael musste grinsen. Zum Glück war es dunkel im Raum. „Nein, hab ich nicht."

Er dachte an den gestrigen Abend zurück. Lena lehnte am Türstock, fuhr ihm durchs Haar. Ihre Augen hatten es sogar fertiggebracht, im fahlen Licht der Notbeleuchtung zu funkeln. Sie konnte ja nicht wissen, dass Michael in Barbara verknallt war. Keiner wusste davon. Nicht einmal er selbst traute sich, das einzugestehen. Den rechten Arm hätte er vor ein paar Tagen darum gegeben, genau hier zu liegen, mit Barbara in einem Bett, ihre Hand auf seiner Brust. Lediglich die Umstände, wie es dazu gekommen war, trübten das Ergebnis und erfüllten ihn mit Scham. Wieder schien eine Gelegenheit ungenutzt vorüberzuziehen. Er hatte Lena mitten im Schneetreiben stehen lassen, um bei Barbara zu sein. Wie konnte er nur so egoistisch sein?

„Das war doch so offensichtlich", sagte Barbara und seufzte. „Warum hat es zwischen euch nicht gefunkt?"

„Sie ist eben nicht mein Typ"

„Manchmal hatte ich schon den Eindruck, dass ein Knistern in der Luft lag, wenn ihr zusammen wart", meinte Barbara. „Eure gegenseitigen Neckereien ... wie ihr aufeinander aufgepasst habt ..."

„Wir sind eben gute Freunde", stellte er klar, während er überlegte, ob Barbara ihn möglicherweise zu manipulieren versuchte.

„Wie du und ich?"

Er schluckte. „Ja. Wie du und ich."

***

Das Feuer brannte nur kurz. Es hatte nicht gereicht, um der Hütte mehr als ein paar Grad Wärme zu schenken. Lena rutschte hustend von der Truhen-Bank und warf die Decke, in die sie sich eingewickelt hatte, achtlos auf den Boden. Jetzt ging es ums nackte Überleben. Kriechend erreichte sie die Tür, öffnete den Riegel und stieß sie auf. Sofort strömte kalte Luft herein und brachte den dringend benötigten Sauerstoff mit. Weil der Innenraum völlig verqualmt war, blieb sie an der Türschwelle sitzen und versuchte herauszufinden, warum der Ofen nicht funktionierte. Eine kleine Dachlawine löste sich und landete raschelnd im windgeschützten Bereich der Hütte. *Das ist es*, dachte sie. Der Kamin musste vom Schnee bedeckt sein, sodass der Rauch nicht abziehen konnte. Sie rannte in die Stube zurück und holte den Besen, der in einer Ecke lehnte, kehrte ins Freie zurück und suchte mit tränenden Augen das Dach nach der Stelle ab, an der sich der Rauchfang befand. Am rückwärtigen Teil des Firstes erspähte sie eine Erhebung unter der Schneedecke. Lena bahnte sich durch den hüfthohen Schnee einen Weg um die Hütte herum. Mit gestrecktem Arm versuchte sie, den markanten Punkt zu erreichen, aber der Kamm des Besens gelangte bloß bis zur Dachkante. Frustriert sah sie sich um.

An der Wand waren Scheite zu einem Stapel aufgeschichtet. Wenn sie sich eine Art Podest oder Leiter damit errichten konnte, würde sie zusätzliche Höhe gewinnen. Mit den Händen begann sie, den Schnee an der Stirnseite wegzuschaufeln, um danach Holzstücke von den Rändern zu entnehmen und in dem freigelegten Bereich übereinanderzuschichten. Ihre Finger waren in den nassen Handschuhen steif gefroren, was die Arbeit zu einem mühevollen Unterfangen gestaltete. Ihrem Überlebenstrieb gehorchend, ignorierte sie dieses unangenehme Gefühl. Als die primitive Treppe endlich fertig war, erklomm sie den Stapel und versuchte erneut, den Rauchfang mit dem Besen zu erreichen, stocherte in der weißen Masse herum, die sich postwendend löste und auf ihren unterkühlten Körper herabrieselte. Sie musste die Bemühungen immer wieder unterbrechen, um das nasse Zeug aus dem Gesicht zu wischen. Mit einem frustrierten Aufschrei fuhr sie fort, den Auslass zu befreien.

Die Scheite unter ihren Füßen kamen ins Rutschen, und sie stürzte rückwärts vom Holzstoß. Dieses Mal war die Landung nicht weich. Ihr Rücken prallte auf die provisorische Aufstiegshilfe, und ein stechender Schmerz, der ihr die Atemluft abschnitt, raste durch die Wirbelsäule. Benommen starrte sie nach oben. Hatte sich denn alles gegen sie verschworen? Es war ihr gelungen, den Rauchabzug freizulegen. Die überdachte Öffnung ragte gut sichtbar aus der weißen Masse heraus. Dicke Schneeflocken fielen weiterhin unbeeindruckt vom Himmel herab. Aus der ruhigen, senkrechten Flugbahn schloss sie, dass der Wind nachgelassen hatte. Wenigstens ein kleiner Teilerfolg war ihr vergönnt. Unter Schmerzen gelang es ihr, auf die Beine zu kommen. Sie folgte mit gekrümmtem Rücken ihren eigenen Spuren zum Eingang zurück. Den Besen hätte sie gut als Krücke gebrauchen können, doch der lag irgendwo unter dem Tiefschnee begraben. Das Feuer im Kamin war erloschen. In der Hütte war es nun genauso kalt wie draußen. Mit angehaltenem Atem zerrte sie das verkohlte Holz aus dem Ofen. Ob sie sich dabei die Finger verbrannte, konnte sie nicht feststellen. Sie sah die Handschuhe qualmen, fühlte nichts, nicht einmal die Kälte, die sie beutelte. Lena war bewusst, dass ihr die Zeit davonlief, also konzentrierte sie sich darauf, das Feuer wieder in Gang zu bringen. Sie löschte die Flamme der Laterne, träufelte den Rest des Petroleums auf einen Holzscheit. Es war nicht mehr da, das wusste sie. In der Truhe hatte sie lediglich die Decke, eine Axt, eine alte Zeitung und ein paar Arbeitshandschuhe gefunden. Ihre Hände zitterten, sodass sie einen Teil der wertvollen Flüssigkeit an den Boden verschenkte, der das Öl gierig aufsaugte. Sie schob das Holzscheit in den Ofen, warf das letzte Reisig darauf und legte noch ein paar kleinere Äste nach. Das Feuerzeug lag wie ein Fremdkörper in ihrer rechten Hand. Sie musste ihre gesamte Willenskraft aufwenden, um eine der vergilbten Seiten der „Tiroler Nachrichten" in Brand zu setzen. *Brenn schon, brenn!*

Das Petroleum fing Feuer. Lena stopfte das Papier in die Brennkammer, legte ein dickes Scheit nach und zog die Decke fester vor ihrer Brust zusammen. Eigentlich hatte sie vorgehabt, einen der Stühle heranzuziehen, um sich direkt vor die Wärmequelle zu setzen, aber die Erschöpfung war zu groß. Sie rollte ihren Körper in Embryonal-Stellung zusammen, und ehe sie es verhindern konnte, fielen ihr die Augen zu.

***

Lena! Er setzte sich ruckartig auf. „Lena ist noch immer nicht da. Sie wird nicht zurückfinden, wenn das Hotel finster ist", flüsterte er in die Finsternis.

Barbara gähnte. „Was willst du tun, Mike? Rausgehen und nach ihr suchen?"

Er blickte zur Panoramascheibe. „Wir könnten es probieren. Vielleicht schaffen wir es mit dem Traktor."

„Und wo willst du mit der Suche beginnen, Mike?"

„Wir könnten die Forststraße entlangfahren", schlug er vor und sprang aus dem Bett, um zum Fenster zu laufen.

Barbara folgte ihm. Die beiden standen an der Scheibe und beobachteten die fallenden Flocken. Der Wind schien nachgelassen zu haben. In jenem Moment kam ihnen diese ganze Situation absurd vor. Nur dieses Stück Glas trennte sie von der lebensbedrohlichen Kälte, auch wenn es im Hotel inzwischen merkbar abgekühlt hatte. Verglichen damit hatte Lena aber immer noch die wesentlich schlechteren Aussichten, diese Nacht zu überleben.

„Okay, Mike, sprechen wir die Sache durch. Wir haben kaum Sicht, könnten glatt über sie drüberfahren und würden es nicht einmal bemerken. Abgesehen davon bin ich nicht sicher, ob ich so ein Ding überhaupt steuern kann."

„Klingt irre, ich weiß", gestand er ein.

„Total verrückt!", meinte sie und grinste ihn an. „Wir könnten draufgehen."

Er stierte in die Dunkelheit hinaus. „Wir haben nicht die geringste Chance, sie zu finden, aber welche Chance hat Lena?"

„Okay, Mike, versuchen wir es."

Sie tasteten in der Dunkelheit nach den verstreuten Kleidungsstücken und zogen sich hastig um.

★★★

Im Flur war es so finster, dass man die eigene Hand vor den Augen nicht erkennen konnte. Barbara übernahm die Vorhut, während Michael mit einer Hand auf ihrer Schulter den Rücken deckte. Sie gelangten in die Empfangshalle, in die etwas Licht einfiel.

Es war gerade so viel, dass sie den Weg in den Kellerraum fanden. Michael erinnerte sich daran, in einer der Schubladen eine Taschenlampe gesehen zu haben, als sie nach den Schlüsseln gesucht hatten.

„Warte, Babs", flüsterte er und verschwand hinter der Rezeption.

Im Schein der Lampe stiegen sie die Treppen in das Untergeschoß hinab, folgten dem Flur zur Garage. Den gesamten Weg über beschlich sie das Gefühl, allein zu sein, in dem riesigen Hotel. Dennoch waren sie auf der Hut. Jederzeit konnte sich ein unsichtbarer *Feind* auf sie stürzen. Die Gefahr war ihr treuer Wegbegleiter, allzu viele Schattenbereiche bargen die Gänge und Flure mit ihren zahlreichen Winkeln und verborgenen Nischen. Hin und wieder vernahmen sie ein Geräusch, das sich als harmlos entpuppte, sie dennoch kurz innehalten ließ.

Erleichtert betraten sie die Garage, strebten entschlossen auf den Traktor zu. Barbara kletterte in die Kabine und stöberte in ihren Taschen nach dem Zündschlüssel, während Michael das Tor öffnete. Keiner von beiden konnte sich erinnern, ob sie es nach ihrem Aufbruch mit den Schneemobilen oder bei der Rückkehr verschlossen oder offen gelassen hatten.

„Mike, ich hab den Schlüssel im Zimmer vergessen", bemerkte Barbara. Ihre Stimme klang hohl, als ob sie damit gerechnet hatte, dass nicht alles glatt verlaufen würde.

Er kam auf sie zu und reichte ihr die Taschenlampe. „Soll ich dich begleiten?"

Sie schüttelte vehement den Kopf, versuchte tapfer zu erscheinen. „Ich schaffe das allein. Schau du inzwischen nach, ob Treibstoff im Tank ist. Wir dürfen keine Zeit mehr verlieren."

Michael nickte. „Okay, beeil dich, und sei um Himmels Willen vorsichtig."

„Du wirst Licht brauchen", sagte sie.

„Vielleicht gibt es hier irgendwo eine Lampe", entgegnete Michael. „Komm, sehen wir in dem Regal dort drüben nach."

Rasch fanden sie, wonach sie suchten. Auf einer der Regalebenen lagen mehrere Taschenlampen nebeneinander aufgereiht.

Barbara lief los. Als sie weg war, kontrollierte Michael den Tank, obwohl er richtigerweise vermutete, dass er voll war. Ein Blick unter die Motorhaube offenbarte ihm jedoch, dass die Batterie fehlte. Er leuchtete die Regalreihen ab, und der Lichtkegel blieb an dem gesuchten Objekt hängen. *Logisch, dass sie die Batterie abgehängt haben. Sie würde sich sonst zu schnell entladen.* Michael ging zu dem Regal und packte die Energiequelle aus der schützenden Ummantelung, trug sie zum Traktor und schloss sie an. Das Zuklappen der Kellertür ließ ihn aufhorchen. Er blickte zum Durchgang, in dem Barbara zuvor verschwunden war. Es war zu dunkel, sodass er nichts erkennen konnte. Er griff nach der Lampe, richtete sie auf die Tür. „Barbara?" Sie konnte unmöglich so schnell zurück sein. Er schüttelte den Kopf. Wahrscheinlich hatte er sich das Geräusch nur eingebildet oder es war durch Zugluft entstanden. Mehr durch Zufall entdeckte er, dass die Zündkerzen fehlten. Sie mussten ebenfalls im Regal zu finden sein, dachte er und ging dorthin zurück. Sein Blick fiel auf eine Packung, die er suchte, er griff danach. Im selben Augenblick durchfuhr ihn ein stechender Schmerz in der Brust. Den Schlag gegen seinen Rücken spürte er im Nachhinein. Er sah ungläubig an sich herab. An seinem Anorak ragte eine rostige Spitze heraus. Jeglicher Kontrolle über seinen Körper beraubt, fiel er nach hinten und landete auf dem Garagenboden. Das Letzte, was er sah, war eine schemenhafte Gestalt, die sich über ihn beugte, bevor er das Bewusstsein verlor.

★★★

Barbara fand den Zündschlüssel in einer Sofaritze. Sie hatte ihre Jacke auf das Sitzmöbel geworfen, nachdem sie und Michael von dem ersten Fluchtversuch zurückgekehrt waren. Er musste dabei unbemerkt aus der Tasche gerutscht sein, und in der Dunkelheit hatte sie ihn übersehen. Auf leisen Sohlen schlich sie zur Tür zurück und spähte in den Flur. Sie löschte das Licht der Lampe und lauschte, denn sie wollte auf keinen Fall Thomas in die Arme laufen. Die Vorsichtsmaßnahme machte sich bezahlt, denn plötzlich nahm sie einen schwachen Schimmer wahr. Jemand kam den Gang entlang, von der Lobby her, auf sie zu. Sie konnte nicht viel erkennen, denn diese Person schirmte das Licht der Taschenlampe mit einer Hand ab. Sie vermutete, dass die Gestalt genauso wenig entdeckt werden wollte wie sie. Barbara überlegte mit klopfendem Herzen, was sie tun sollte. Wenn sie den gleichen Weg zurück nehmen würde, bestand die Gefahr, dass sie dem Fremden direkt in die Arme lief. Wenn er Suite für Suite abklapperte, dann war ihr Zimmer als Nächstes dran. Sie musste rasch handeln, denn er konnte jederzeit aus dem Nachbarraum heraustreten. Also fasste sie all ihren Mut zusammen und tastete sich mit dem Rücken zur Wand daran entlang. Dabei ließ sie Marthas Tür keinen Moment aus den Augen. Gerade rechtzeitig erreichte sie Lenas Suite und tauchte im Rahmen unter. Mit wachsendem Entsetzen beobachtete sie, wie die Gestalt aus dem ersten Zimmer kam und tatsächlich in ihrem verschwand. Sie blinzelte mit einem Auge am Türstock vorbei, konnte jedoch genug erkennen, um Lena, Michael und Martha ausschließen zu können. Der Größe und dem Umfang nach zu urteilen handelte es sich eher um Thomas, aber weil die Gestalt einen dicken Parka trug und daher größer wirken konnte, als sie tatsächlich war, konnte sie ihn nicht zweifelsfrei identifizieren. Wieder tastete sie sich an der Wand entlang, und der Vorgang wiederholte sich, nur dass sie jetzt einen Raum weiter war. Michaels Tür war geschlossen, also musste sie sich dicht an das Holz pressen und hoffen, dass sie nicht entdeckt wurde. Dann wartete sie ab, bis die Gestalt in Lenas Suite eintrat, und lief los.

Sie wusste, dass Jennys Zimmer eine Sackgasse bildete, hatte daher nur zwei Optionen: Stiegen runter in die Therme oder über den ersten Stock auf die andere Seite hinüber zum gegenüberliegenden Treppenhaus. Sie entschied sich für die zweite Möglichkeit und hetzte die Stufen hinauf. Glücklicherweise waren sie mit einem Teppichläufer bedeckt, sodass ihre Schritte gedämpft wurden. Sie musste aufpassen, dass sie nicht stolperte, denn die Taschenlampe konnte sie erst aufdrehen, wenn sie im ersten Stock angekommen war. Der Lichtschein würde sie verraten.

Oben angekommen leuchtete sie den Flur ab, der im Wesentlichen den gleichen Aufbau wie der sich darunter befindende aufwies. Dann eilte sie ihn entlang, es war eine Mischung aus Laufen und Gehen, denn sie wollte vermeiden, dass sie in der fremden Umgebung gegen ein Hindernis stieß. Manche der Türen fehlten, standen offen oder waren mit Folie abgedeckt, und ein flüchtiger Blick ins Innere offenbarte ihr, dass die Suiten noch nicht bezugsfertig waren. Etwa bei der Hälfte zweigte der Gang nach rechts in einen großen Vorraum ab. Sie leuchtete hinein, erkannte die Aufzüge und an der Stirnseite anstelle der Rezeption und dem Abgang zum Keller weitere Räume, deren fluoreszierende Schilder diese als Abstellkammern oder Schlafstellen für die Angestellten auswiesen.

NUR FÜR PERSONAL. FOR STAFF ONLY.

Sie hastete weiter auf das andere Ende des Gebäudes zu. Plötzlich erfasste der Lichtkegel einen Lumpenhaufen, der vor einer der letzten Türen lag. Der Raum musste sich über dem Restaurant oder der Küche befinden. Während sie sich den vermeintlichen Tüchern und Stoffresten näherte, entpuppten sich diese als zwei Beine, die in Jeans und Stiefeln steckten. Sie war schließlich nur noch einige Schritte entfernt und erkannte die Kleidungsstücke. Sie gehörten Thomas. „Tom", wisperte Barbara und schlich näher heran. Der Körper lag auf der Seite, den Rücken ihr zugewandt. Sie sah, dass sich unter ihm eine Blutlache ausgebreitet hatte. An der Hüfte ragte das Ende eines knallroten Stiels hervor. Vorsichtig bückte sie sich, Tränen schossen ihr in die Augen und verschleierten die Sicht. „Tom", flüsterte sie nochmals. Es war ein tonloser Laut, der zwischen ihren Lippen herausströmte. Sie packte den reglosen Körper an der Schulter und drehte ihn um. Thomas rollte auf den Rücken, die Beine übereinander verdreht, der Arm blieb an einem Gegenstand hängen, der in der Brust steckte. Was sie sah, verschlug ihr den Atem.

Das Blatt einer Feuerwehraxt blitzte im Lichtschein. Der spitze Teil am anderen Ende war am Thorax eingedrungen und steckte dort fest, hatte sich offenbar zwischen den Rippen verkeilt. Das

Shirt war mit geronnenem Blut getränkt. Seine Augen starrten blicklos zur Zimmerdecke, der Mund stand weit offen. Barbara wich entsetzt zurück, lehnte sich hockend gegen die Flurwand und unterdrückte mit Mühe einen Schrei. Dieser verkümmerte zu einem lauten Stöhnen. Sie konnte die Leiche nicht mehr länger ansehen, und obwohl sie den Blick abwandte und die Hände vor die Augen schlug, wurde sie das Bild nicht mehr los.

Zwei Szenen erschienen in ihrem Kopf, die knapp aufeinanderfolgten, zeigten ihr verschiedene Möglichkeiten auf, was sich abgespielt haben könnte. In der ersten stolperte Thomas und fiel unglücklich auf die Axt. Die zweite war wesentlich beunruhigender. Eine schemenhafte Gestalt, die im Dunkeln lauerte, rammte ihrem Ex-Freund die Waffe mit einem einzigen, tödlichen Hieb in den Brustkorb. Das erinnerte sie daran, was sie in den ersten Stock getrieben hatte.

Barbara erhob sich und taumelte auf die Stiege zu. Übelkeit stieg in ihr hoch. Sie erbrach sich auf den Teppich, ging weiter, bildete sich ein, ein Geräusch hinter sich zu hören. Sofort war sie wieder hellwach, leuchtete in den hinter ihr liegenden Gang. Aber außer den Beinen von Thomas konnte sie nichts erkennen. Da auch dieser Flur einen weiten Bogen beschrieb, blieb der Großteil für sie im Verborgenen. Sie stieg die Treppe hinab, löschte am Ende angekommen die Lampe. Durch die großzügig angelegte Glasfront des Restaurants fiel genügend Licht, sodass sie den Tischen und Stühlen ausweichen konnte, während sie den Raum durchquerte. Barbara peilte die Küche an. Ihre Vermutung, den *Fremden* betreffend, hatte sich bestätigt. Thomas war aus dem Kreis der Verdächtigen ausgeschieden. Sie brauchte eine Waffe, um sich nötigenfalls verteidigen zu können: ein langes, scharfes Messer! Die Schwingtüren knarrten leise, während sie sich durch jene in den fensterlosen Raum schob. Für einen kurzen Moment verharrte sie an Ort und Stelle. Erst als sie sicher sein konnte, dass sie allein war, schaltete sie die Taschenlampe ein.

Sie leuchtete die Arbeitsflächen nach einem Messer ab, sah eines bei der Koch-Zone liegen. Der Stahl funkelte auffordernd im Lichtstrahl, und sie schlich dorthin, um es an sich zu nehmen.

Plötzlich stieß ihr Fuß gegen etwas, das klirrend über die Fliesen davonkullerte. Barbara richtete den Kegel nach unten, der eine leere Rumflasche erfasste. Die Rutschpartie war von einem Fuß beendet worden. Der Strahl wanderte den Körper hoch und blieb zitternd am Gesicht hängen. *Martha!* Barbara kniete sich neben die Leiche ihrer Freundin und biss sich selbst in die linke Hand, um einen Aufschrei zu unterdrücken. Erbrochenes war der Toten aus dem Mund hervorgequollen und klebte an Kinn und Pullover. Ihr Gesicht war ebenfalls damit beschmiert. Die aufgerissenen Augen ließen keinen Zweifel aufkommen. *Wie kann man sich nur zu Tode fressen?* Sie nahm die Flasche zur Hand. „Martha, du maßloses, versoffenes Schwein", hauchte Barbara und erhob sich, stellte das Glasgefäß ab und griff nach dem Messer. Damit hatte sich aufgeklärt, wohin die eine Freundin verschwunden war.

Sie stieg mit weichen Knien über den schlaffen Körper, der am Herd lehnte. Eine riesige Schüssel mit Lebensmitteln hatte verhindert, dass er zur Seite gekippt war. Barbara hatte keine Lust, sich länger mit ihr zu beschäftigen. Sie musste zusehen, dass sie schleunigst von hier abhaute. Michael wartete wahrscheinlich schon ungeduldig auf sie. Inzwischen musste er sich fragen, wo sie so lange blieb. Von der Küche zur Lobby waren es nur wenige Meter. Im Geiste nahm sie schon die schmale Stiege, die in den Keller hinunterführte. Vorsichtig spähte sie in den leeren Flur, keine Spur von dem Fremden. Also rannte sie los, am Tresen vorbei, zur Treppe, hetzte den engen Gang weiter. Sie hatte nun alle Vorsicht beiseitegeschoben, wollte nur noch schnell raus hier, in die Garage, zu Michael. Ihre Stiefel trampelten über den Betonboden. Im verwackelten Schein der Lampe bemerkte sie zu spät, dass die schwere Stahltür zum Generatorraum aufschwang. Sie hatte nicht mehr die Zeit, die Arme hochzureißen und knallte mit voller Wucht dagegen, stürzte. Die Taschenlampe entglitt ihrer Hand und erlosch, als das Glas splitternd zerschellte. Benommen versuchte sie sich aufzurichten, fühlte, wie sie grob gepackt wurde. Etwas traf sie hart an der Schläfe, dann verlor sie das Bewusstsein. Gnädige Schwärze entführte sie in eine Welt ohne Empfindungen.

13 EINE FALSCHE ENTSCHEIDUNG

Lena schlug die Augen auf. *Was ist das? Ein Schneepflug?* Das Rumpeln erklang von der Straße her, war schon dabei, sich zu entfernen. Es hallte von den Hängen wider, sodass sie nicht erkennen konnte, in welche Richtung das Räumfahrzeug unterwegs war. Sie wollte rasch aufspringen, aber ein stechender Schmerz in ihrem Rücken ließ sie zusammenfahren. Sie erinnerte sich an den Sturz vom Holzstoß, die harte Landung. Aber das waren nicht die einzigen Schmerzen, die sie verspürte. Ihre Zehen und Finger taten weh, brannten, das Blut pochte in den Spitzen, den meisten davon jedenfalls. Sorgen bereiteten ihr diejenigen, die sie nicht fühlte. Sie streifte die klammen Handschuhe ab und betrachtete ihre Hände. Die Haut war gerötet. Die beiden kleinen Finger und der Ringfinger der linken Hand waren steif, gefühllos und weiß wie Schnee und von rötlichen Blasen bedeckt. *Scheiße, das sieht nicht gut aus!* Sie zog die Handschuhe wieder über und kroch auf die Tür zu, zerrte am Riegel. Sie kam nur mühsam auf die Beine, biss die Zähne zusammen und stolperte in den tiefen Schnee hinaus.

Der Schneepflug war natürlich längst verschwunden. Sie musste die Augen zusammenkneifen. Der Morgen begrüßte sie mit freundlichem Wetter, der Himmel hatte sich teilweise gelichtet, und der Sturm war weitergezogen. Im gelegentlichen Sonnenschein funkelten Millionen Schneekristalle. Lena erreichte die Forststraße und überwand die weiße Mauer, die der Pflug am Rand aufgeschichtet hatte. Dann sah sie ratlos in beide Richtungen. War er nun bergauf oder bergab unterwegs gewesen? *Denk nach!* Es erschien ihr logisch, dass das Räumkommando vom Tal her aufgebrochen war. Andererseits konnten das genauso gut Michael und Barbara gewesen sein, denen mit dem Traktor die Flucht geglückt war. Die Spuren gaben keine eindeutigen Hinweise darauf, wer wohin gefahren war. Es war verlockend, bergab zu laufen, auch wenn sie nicht wusste, wie weit die Ortschaft entfernt lag. Sie erinnerte sich, dass sie recht lang mit dem Auto unterwegs gewesen waren, dass Michael behauptet hatte, das Hotel läge viel näher. Also gab sie sich einen Ruck und stapfte in Richtung Gipfel. Da die Straße nun frei passierbar war, konnten sie mit Jennys Geländewagen gemeinsam den Berg verlassen – wenn ihre Freunde noch oben waren. Und sie ging davon aus, dass dies zutraf. Sollten Michael und Barbara es ohne sie versuchen, dann mussten sie zwangsläufig an ihr vorbeikommen. Zudem wollte sie die Frage, was aus Martha und Thomas geworden war, auch noch geklärt wissen.

Als Lena an dem Willkommens-Schild der Therme vorbeikam, wusste sie, dass es nicht mehr weit sein konnte. Nach einer lang gezogenen Biegung erreichte sie die Stelle, von der man auf das Hotel hinabblicken konnte. Das Bild von der zugeschneiten Landschaft erinnerte kaum noch an den Anblick, der sie bei ihrer Ankunft vor zwei Tagen empfangen hatte. Schneepflug konnte sie keinen sehen, aber die Straße war bis zum Hotel geräumt. Die Spur führte direkt zur Garage. Sie dachte, dass das Fahrzeug möglicherweise dort untergestellt worden war. Dieser Verbindungsmann, dessen Namen sie sich nicht gemerkt hatte, musste wohl in das Hotel gegangen sein, um nach dem Rechten zu sehen. Die zweite Alternative, dass sich einer oder mehrere ihrer Freunde in jenem Augenblick mit dem Traktor auf dem Weg ins Tal befanden, gefiel ihr weniger. Jetzt umzukehren, erschien ihr nicht sinnvoll. Sie verscheuchte den Gedanken und konzentrierte sich auf das letzte Teilstück, setzte mechanisch einen Fuß vor den anderen. Der Schnee knirschte unter den Sohlen ihrer Winterschuhe. Jeder Schritt war eine Qual, die Zehen schmerzten. Die Freude an der weißen Pracht war ihr wohl für immer abhandengekommen. Nun hinderte er sie bloß am Weiterkommen. Sie fühlte sich klein und unbedeutend inmitten der schroffen Felsen und der feindseligen Umgebung. Lena spürte, dass sie bald am Ende ihrer Kräfte war, wunderte sich, woher sie überhaupt die Energie nahm, den letzten Aufstieg zu schaffen.

Das Erste, was sie bemerkte, war, dass der Traktor fehlte. Dann sah sie Michael. Er lag im Schatten einer Regalwand in einer dunklen Pfütze. Schwarze Punkte tanzten vor ihren Augen, als sie auf ihn zuwankte. Sie fiel vor ihm auf die Knie, bemerkte das viele Blut erst, als der zähflüssige Lebenssaft ihre Hose tränkte. Ihre Hände huschten über seinen Oberkörper, betasteten ungläubig die Spitze der altertümlichen Harpune, die daraus hervorragte. Der Stiel war gebrochen, und der Schaft lag unter ihm. „Mike?", flüsterte sie, „Mike!" Sie zog die Handschuhe aus und erforschte mit kalten Fingern sein Gesicht. Seine Augen waren geschlossen. Er sah friedlich aus, als würde er etwas Schönes träumen. Vielleicht träumte er von ihr. Sie beugte sich über ihn und weinte stumme Tränen, zog den Stiel unter ihm hervor, damit er es bequemer hatte. *Mike.*

Sie hatte keine Ahnung, was sie tun sollte. Hier bleiben konnte sie nicht. Obwohl sie kaum in der Lage war, aufrecht zu stehen, schaffte sie es zur Tür, die in den Keller führte. Sie musste Barbara finden, Thomas oder Martha. Die Notbeleuchtung brannte und lotste sie in die Lobby. Für sie machte das keinen Unterschied, denn sie wusste nicht, dass sie jemals ausgefallen gewesen war. An der Rezeption wandte sie sich nach links zu den Gästezimmern. Dort wollte sie als Erstes nach den übrigen sehen. Martha, Barbara, Thomas. Sie musste sich immer wieder an der Mauer abstützen, da sie von Schwindelattacken befallen wurde. Außerdem taten ihre Zehen verdammt weh. Dabei zog sie mit Michaels Blut an ihren Händen eine deutliche Spur an den frisch ausgemalten Wänden.

Lena suchte eine Suite nach der anderen ab. Mit jedem verlassenen Raum sank ihre Hoffnung. Vor Jennys Tür blieb sie stehen. Es widerstrebte ihr hineinzugehen. Sie musste es tun, sich vergewissern, dass Thomas nicht bei seiner Schwester war. Sie holte tief Luft und betrat die Suite. Der Anblick des zugedeckten Körpers bescherte ihr eine Gänsehaut. Trotzdem ging sie zum Bett und schlug das Laken auf. Sie betrachtete die auseinanderklaffenden Wunden. Das wirre Zick-Zack-Muster entlarvte diese als das Werk eines wahnsinnigen Killers. Verstört wich Lena zurück, stolperte über einen umgekippten Stuhl und schlug der Länge nach hin. Als sie den Sturz mit den Händen abfangen wollte, schnitt sie sich die Handflächen an den Glasscherben, die über den Teppich verstreut lagen. Dann begann sie zu laufen. Es war ein unrhythmisches Humpeln, aber Panik machte sich in ihr breit. „Barbara! Tom!", rief sie. „Martha! Wo seid ihr?" Sie stürzte in die Küche, wo sie Martha fand, rannte wieder aus der Küche hinaus. Eine böse Vorahnung trieb sie die Treppen zum ersten Stock hinauf. Dort lag Thomas, wie Barbara ihn zurückgelassen hatte. Sie hörte sich selbst einen spitzen Schrei ausstoßen. „Scheiße, was ist hier los? Barbara! Wo bist du, verdammt?"

Sie versuchte einen klaren Kopf zu bekommen, ordnete ihre wirren Gedanken, was ihr angesichts der vielen Leichenfunde schwer viel. Wer war für all die Toten verantwortlich? Im selben Augenblick wurde ihr bewusst, dass nur noch Barbara und sie übrig waren. Konnte ihre Freundin alle anderen getötet haben? Bei Jennys Ermordung fand sich rasch ein starkes Motiv. Es war durchaus denkbar, dass Thomas mit seiner Anschuldigung recht gehabt hatte. Nun war auch er tot. Auch das konnte sie gewesen sein. Immerhin war er hinter Barbara her gewesen, weil er sie für Jennys Tod verantwortlich gemacht hatte. *Aber Mike, wieso er?* War er am Ende dahintergekommen, dass Barbara die anderen auf dem Gewissen hatte? War sie wahnsinnig geworden? Lena erinnerte sich, wie sie durch den Schnee davongestapft war. Sie hatte sich nicht einmal nach ihr umgedreht, während Michael versucht hatte, sie zu überreden, mit ihm zu kommen. Er war Barbara wie ein braves Hündchen nachgelaufen. Er war in sein eigenes Verderben gerannt.

Ich brauche eine Waffe! Lena sah sich um. Ihr Blick fiel auf die Axt, die in Thomas Brust steckte. Sie umklammerte den Griff und zerrte daran. Schmatzend löste sich die Spitze aus dem toten Fleisch. Dann folgte sie dem Gang, warf flüchtige Blicke in jeden Raum, an dem sie vorbeikam. Plötzlich stockte ihr der Atem. *Barbara!*

In einer der Suiten fehlten die Gipskartonplatten. Die Metallschienen waren bereits mit der Mauer verschraubt, Dämmmaterial und Platten zur Weiterverarbeitung vorbereitet. Barbara hing zwischen zwei Schienen mit Händen und Füßen daran festgebunden, Ihr Körper bildete ein groteskes X. Der Kopf hing leblos vor ihrer Brust herab. Lena stolperte verwirrt in das Zimmer. Ihre Gedanken kreisten um die Frage, was sich in den letzten Stunden in diesem grauenhaften Hotel abgespielt hatte. Wenn Barbara als Mörderin ausschied, wer hatte dann ihre Freunde abgeschlachtet? Sie konnte sich jedenfalls nicht selbst an die Wand gefesselt haben.

„Barbara?" Lena hob den Kopf ihrer Freundin an. Die Augen waren stumpf und leer. Sie war zweifellos tot. Um ihren Hals baumelte ein dickes Seil. Lena lockerte es, sah die Striemen, die der Strick auf der Haut hinterlassen hatte. Sie war erwürgt worden. Sie vermutete, dass ein Mann dafür verantwortlich sein musste, jedenfalls jemand, der kräftig genug war, den Körper hochzuheben und mit Kabelbindern an die Schienen zu fesseln. Sie dachte mit Schaudern daran, dass er sich möglicherweise an ihr vergangen hatte, während er sie erdrosselte.

Sie wischte sich die Tränen aus dem Gesicht und sah eine Bewegung im Augenwinkel. Lena ging zum Fenster und beobachtete einen Schneepflug, der sich dem Hotel über die Zufahrtsstraße näherte. Ein Name tauchte plötzlich aus den tiefsten Winkeln ihres Gedächtnisses auf. *Hans Ruprechter! Er* musste es gewesen sein! Ein Fremder! Das war die einzig logische Erklärung, nachdem alle anderen tot waren. Der Mann hatte sich von Anfang an im Hotel aufgehalten, war ständig in ihrer Nähe geblieben, unsichtbar wie ein Geist. Erinnerungen kamen in ihr hoch, an den ersten Abend, als sie sich in der Schwimmhalle beobachtet gefühlt hatte. Sie hatte sich das Ganze doch nicht eingebildet. Tom hatte ihr nicht geglaubt, nun war er tot. Ruprechter hatte sie beobachtet und währenddessen seinen perfiden Plan ausgearbeitet, ihnen aufgelauert und im verwundbarsten Moment zugeschlagen – immer dann, wenn einer von ihnen allein war. Vielleicht hatte er sie in der Hütte gesucht und kehrte nun zurück, um sein blutiges Werk zu vollenden.

Angst breitete sich in ihr aus und drohte die Kontrolle zu übernehmen. *Nein!* Lena schüttelte die Furcht von sich ab wie ein Hund lästige Flöhe aus seinem Fell. Wut nahm deren Stelle ein. Rot gefärbter, unbändiger Hass auf den Menschen, der ihre Freunde heimtückisch umgebracht hatte. Während sie die Treppen hinunterstürmte, um den Spieß umzudrehen, flammten Bilder in ihrem Kopf auf. Der Fremde, der Ralfs Kopf unter das Wasser drückte, wie er Jenny in der Wanne zerfleischte. Sie konnte die grauenhaften Schreie wieder hören. Nun bekamen sie eine ganz neue Bedeutung. Dann die Schritte vor ihrer Tür. Jetzt wusste sie, wem die schattenhaften Füße gehört hatten, die durch den Türspalt in ihr Zimmer eingedrungen waren. Sie stellte sich vor, wie er sich in der Garage an Michael heranschlich und ihn kaltblütig von hinten aufspießte, sah, wie er Tom die Axt in die Brust rammte, und Barbara … Was er ihr angetan hatte, wollte sie sich gar nicht vorstellen. *Du perverses Schwein!*

Sie warf einen Blick zur Glasfront hinaus, während sie sich geduckt im Schatten der Tische und Stühle durch das Restaurant zur Lobby vorarbeitete. Sie wollte ihn überraschen, zuschlagen, wenn er es am wenigsten erwartete. Wahrscheinlich rechnete er damit, dass sie sich wie ein Mäuschen verkriechen würde. Er hatte den Traktor mit der riesigen Schaufel nicht zur Garage gelenkt, hatte den direkten Weg die Rampe hinauf zum Parkplatz genommen. Das Fahrzeug befand sich nun mit Lena auf gleicher Höhe, als sie aus der Küche in den kurzen, fensterlosen Flur stürmte. Keuchend ging sie hinter dem Tresen des Empfangs in Deckung. Sie kniete sich keuchend auf den Boden, den Rücken an die Holzvertäfelung gelehnt und die Axt mit beiden Händen fest umklammert. Dann wartete sie mit geschlossenen Augen. Sie konnte den Dieselmotor tuckern hören. Plötzlich war es still.

Die Tür wurde aufgestoßen. Schritte näherten sich. Schwere Stiefel polterten über den Marmorboden. Sie konnte ihn leise pfeifen hören. Sie wunderte sich, dass diese Irren immer ein fröhliches Liedchen auf den Lippen hatten. In den meisten Gruselschockern, die sie bisher gesehen hatte, verhielt es sich ähnlich. Entweder kicherten diese Typen, oder sie pfiffen. Er musste sich seiner Sache ziemlich sicher sein. Gleich würde ihm das Pfeifen vergehen. *Komm nur her, du Schwein!*

„Nanu, keiner da?" Seine Stimme klang überrascht. Dann hieb er auf die Klingel.

Lena verkrampfte sich. Sie würde nicht auf diesen miesen Trick hereinfallen, sie hatte ihn durchschaut. *Scheiß auf das Theater, komm schon her!* Er begann wieder zu pfeifen, und Lena konnte hören, wie er auf die Küche zuging. Das war ihre Chance. Sie musste schnell sein. Schnell und leise. Sie ignorierte das Stechen im Rücken. Die Zehen und Finger taten nicht mehr weh. Sie hatte nur nicht in allen das Gefühl wiedererlangt, aber es würde reichen, um dem Kerl eine Lektion zu erteilen. Sie riss ihre Augen auf, stemmte sich vom Boden ab und kam geduckt hinter der Rezeption hervorgeschossen. *Ich bin ein Jaguar, schnell, leise und tödlich.*

Der Mann war ein Riese, sein breiter Rücken bot ein gutes Ziel. Sie holte mit der Axt aus. Im selben Augenblick wirbelte Hans Ruprechter herum. Sie konnte seine vor Schreck geweiteten Augen sehen und schlug zu. Der Angegriffene hob reflexartig seine Arme, um das Gesicht zu schützen. Durch die Wucht des Hiebes wurden sie gegen den Kopf geschleudert. Das Blatt der scharfen Axt drang tief in einen der Unterarme ein und spaltete den Unterkiefer. Er stürzte rücklings zu Boden und schrie, hob erneut abwehrend den unverletzten Arm. „Für meine Freunde!", brüllte Lena und schwang die Waffe. Diese sauste herab und trennte die Hand am Gelenk vom restlichen Körper. Er schrie noch lauter, versuchte auf allen Vieren von ihr wegzukriechen, wobei der Armstumpf blutige Schlieren auf dem Marmor hinterließ. Lena sprang ihm hinterher und trieb ihm das Schneideblatt zwischen den Schulterblättern in den Rücken. Mit lautem Knacken brachen die Rippen. „Für Michael!" Er brach zusammen, wälzte sich auf den Rücken. Der nächste Treffer spaltete seine Schulter. „Das war für Tom!" Seine Gegenwehr erlahmte. Er blickte sie nur noch entsetzt an. Das Blut schoss aus sämtlichen Wunden in verschiedenen Richtungen davon. Lena holte ein weiteres Mal aus und trieb die Axt in die breite Brust. „Für Jenny!" Der Körper bäumte sich ein letztes Mal auf, während sie das Blatt reißend aus dem Rumpf zerrte. „Und der, du verdammter Scheißkerl, ist für Barbara." Sie sah, wie seine Augen die Flugbahn der Axt verfolgten, die schließlich an seiner Stirn eindrang und den Schädel spaltete. Er zuckte noch ein paarmal, dann lag er still.

Lena ließ die Axt stecken und brach neben ihm zusammen. Sie würgte und spuckte, aber es kamen nur Speichel und Magensäure heraus. Kein Wunder, sie hatte nichts, was sie hergeben konnte.

★★★

Als die Nacht hereinbrach, fand die Polizei Lena zusammengerollt schlafend auf dem Kingsize-Bett ihrer Suite. Frau Ruprechter hatte Alarm geschlagen, nachdem ihr Ehemann nicht nach Hause gekommen war. Man befürchtete, dass er mit dem Schneepflug möglicherweise auf der Bergstraße verunglückt war.

Was die beiden Beamten vorfanden, erinnerte an ein Schlachthaus. Bald wimmelte es auf dem Hotelgelände von Einsatzkräften. Tagelang waren die aus der Bundeshauptstadt extra per Helikopter eingeflogenen Kriminaltechniker damit beschäftigt, Spuren zu sichern und Beweise zu sammeln, um den Tathergang zu rekonstruieren.

14 IN GEWAHRSAM

Er beobachtete die Patientin aufmerksam. Sie war soeben aufgewacht und betrachtete die bandagierten Hände. Die junge Frau tastete nach den fehlenden Fingern der linken Hand, beugte und streckte die Verbliebenen. Dann zog sie die Decke hoch und legte die Füße frei, wiederholte die Prozedur am anderen Ende des Körpers. Durch die dicken Verbände ließ sich schwer feststellen, welche Zehen amputiert werden mussten und welche gerettet worden waren. Sie wackelte mit den Zehen, die Mullbinden kamen in Bewegung. Sigmund Berghoff musste unwillkürlich grinsen.

Er bemerkte, wie sich auf ihrem Gesicht ein schmerzvoller Ausdruck zeigte, bevor sie es hinter den Händen verbarg und sich in das Kissen zurücksinken ließ. Ihr Oberkörper wurde durchgeschüttelt. Er konnte sie durch die Lautsprecher schluchzen hören.

Die Tür wurde geöffnet, und Chefinspektor Klaus Strebinger betrat den winzigen Beobachtungsraum, der kaum breiter war als eine Umkleidekabine, sich jedoch über die gesamte Länge des Nachbarzimmers erstreckte. Man hätte hier zehn Menschen aufreihen können, obwohl nur maximal drei Personen durch den einseitig durchlässigen Spiegel schauen konnten. Nun war das Beobachtungskontingent erschöpft, denn hinter Strebinger war dessen junge Kollegin, Oberinspektorin Jana Modric, hereingeschwappt.

„Und, Herr Doktor, was tut sich?", fragte der Ermittler.

„Wie Sie selbst sehen können, ist die Patientin aufgewacht." Berghoff deutete auf die Scheibe.

Die beiden Kriminalisten blickten hindurch. „Wieso flennt sie denn?", erkundigte sich Modric.

Die junge Frau auf der anderen Seite des Spiegels wischte sich die Tränen aus dem Gesicht, stieg aus dem Bett und humpelte zum vergitterten Fenster hinüber, um in den Innenhof hinauszusehen. Der Krankenhauskittel war auf der Rückseite offen, sodass sie den Beobachtern ihr kalkweißes Hinterteil präsentierte.

„Wenn Sie möchten, kann ich ja zu ihr rübergehen und sie fragen", schlug Berghoff vor. Er musterte die Kriminalbeamten von der Seite.

Strebinger erwiderte seinen Blick und nickte kaum merklich. „Sie ist Ihre Patientin, Herr Doktor. Das müssen Sie entscheiden."

„Also gut. Nachdem Sie den weiten Weg vom Präsidium hierher auf sich genommen haben, will ich Sie nicht länger auf die Folter spannen." Mit diesen Worten schob er sich an den beiden Beamten vorbei.

„Kaum zu glauben, dass diese Kalkleiste sechs Menschen ermordet hat", hörte er Modric sagen. In ihrer Stimme schwang ein abfälliger Unterton mit.

„Den meisten Killern sieht man es nicht an", entgegnete ihr Vorgesetzter trocken.

Dr. Berghoff schluckte einen Kommentar hinunter und schloss die Tür von außen. Er nickte dem Justizwachbeamten zu, der vor dem Krankenzimmer postiert war.

Dieser erwiderte den Gruß knapp: „Herr Doktor!" Dann trat er zur Seite, um den Psychiater vorbeizulassen.

★★★

Jeden Tag dasselbe Bild. Lena beobachtete die weiblichen Häftlinge im Innenhof, wie sie in ihrer eigentümlichen Choreografie ihre Runden drehten. Manche waren in Gruppen unterwegs, andere zogen allein ihre Bahnen. Einige begnügten sich damit, irgendwo zu sitzen und die Strahlen der Wintersonne zu genießen. Sie reckten die Gesichter sehnsüchtig gegen Süden. Fast alle rauchten Zigaretten. Das war eines der wenigen Dinge, die sie tun konnten. Eine der Freiheiten, die man den Strafgefangenen gewährte. Hin und wieder kam es vor, dass sich zwei anrempelten. Ansonsten ging es friedlich zu in der Strafanstalt.

Sie hob den Blick und sah einen Schwarm Vögel am Himmel vorüberziehen. Ein Paar Flügel müsste sie haben, dann könnte sie sich aus dem Fenster stürzen und über die Mauer in die weite Welt hinaus segeln. Sich einfach aus dem Fenster stürzen war eine Option, die sie sich für später aufhob. Das hier, vom Krankenzimmer, war ohnehin vergittert und verwehrte ihr diese Möglichkeit.

Sie hörte, wie die Tür geöffnet wurde und jemand den Raum betrat. Langsam drehte sie sich um, warf noch einen letzten Blick auf den Vogelschwarm, der sich soeben in zwei Teile aufspaltete. „Guten Tag, Lena. Wie geht es Ihnen heute?"

Sie nickte Dr. Berghoff zu. „Danke, besser, Herr Doktor."

„Haben Sie Schmerzen?"

Lena lächelte ihn an. „Nein, gar nicht. Das Zeug, das Sie mir spritzen, wirkt phänomenal." Sie deutet auf den künstlichen Zugang, der auf dem Handrücken angelegt worden war.

„Sie versuchen fröhlich zu wirken, haben aber Tränen in den Augen, Lena."

Sie verschränkte ihre Arme vor der Brust und lehnte sich gegen die Wand. „Ich habe an meine Freunde gedacht. Sie fehlen mir."

„Verstehe", entgegnete der Psychiater und setzte sich auf einen der beiden Stühle. Dabei fiel sein weißer Kittel auseinander, der Lena an die Bademäntel aus dem Hotel erinnerte. Für einen älteren Mann in seiner Position war er ziemlich leger gekleidet: braune Jeans, blaues Hemd, keine Krawatte. Die Sessel waren auf dem Boden festgeschraubt wie auch der kleine Tisch. „Wollen Sie sich nicht zu mir setzen?" Er deutete auf den zweiten Stuhl.

Sie schüttelte den Kopf. „Ich habe lieber alles im Blick, Herr Doktor. Wenn ich sitze oder liege, habe ich das Gefühl, dass ich die Kontrolle verliere … dann bin ich angreifbar."

„Wie Sie wollen, Lena. Ich bin aber aus einem anderen Grund hier. Mir ist zu Ohren gekommen, dass die Polizei diesen Ralf Schenkelmann, den Freund von Jenny Morgenstern, kontaktiert hat. Er erfreut sich bester Gesundheit." Er fixierte sie mit seinem Blick, sodass es ihr schien, als würde er ihre Reaktion genau bewerten wollen, was wahrscheinlich den Tatsachen entsprach.

Lena fühlte sich, als hätte man ihr den Boden unter den Füßen weggezogen. Sie wankte auf den freien Stuhl zu und ließ sich darauf nieder. „Was sagen Sie da? Ralf lebt? Das kann nicht sein. Ich hab selbst gesehen, wie Barbara ihn aus dem Wasser gezogen hat. Wir haben ihn in Handtücher eingewickelt und auf der Liege nach draußen geschoben. Tom hat dann noch eine Plane über ihn geworfen." Sie sah dem Mann direkt in die Augen. „Ist das sicher derselbe Ralf, Jennys Freund?"

„Irrtum ausgeschlossen. Seinen Angaben zufolge hat er mit seiner Freundin Schluss gemacht, bevor sie zu ihrem Bruder in die Berge aufgebrochen ist. Er hat Weihnachten in der Dominikanischen Republik verbracht und ist noch immer dort."

Lena nestelte verwirrt an ihren Verbänden. „Dann hat Jenny einen anderen Freund mitgebracht."

Dr. Berghoff trommelte mit den Fingern auf die Tischplatte. „Es wurde aber keine andere Leiche gefunden. Wie erklären Sie sich das, Lena?"

Sie sprang vom Stuhl hoch und begann durch den Raum zu wieseln. „Keine Ahnung! Ich habe diesen Verbindungsmann mit der Axt erschlagen, okay! Das war Notwehr! Dieses Schwein hat meine Freunde getötet! Er ist zurückgekommen, um mich auch umzubringen!"

„Was ist mit Ralf?", bohrte der Psychiater nach. „Warum hat man ihn am Tatort nicht gefunden?"

Lena humpelte zu dem Mann, beugte sich über ihn und sah ihm ins Gesicht. „Ich weiß es nicht!", brüllte sie und schlug mit der verbundenen Hand auf die Tischplatte. „Ralf war da! Oder jemand, der sich als Ralf ausgegeben hat. Wenn die Polizei seine Leiche nicht gefunden hat, dann ist sie eben verschwunden!"

Die Tür flog auf, und drei Leute stürmten herein. Lena erkannte den Kriminalbeamten, seine Kollegin und einen Wachbeamten in Uniform. Ihren ernsten Mienen nach zu urteilen würden sie sich jeden Moment auf sie stürzen. Lena wich ans Fenster zurück. „Ich war es nicht! Sie haben die Falsche! Es war der Verbindungsmann!", kreischte sie.

„Ruprechter war zum Zeitpunkt der Morde zu Hause, so viel steht fest, Frau Hopfner", meinte Modric kalt. „Er hat mit seiner Familie Weihnachten gefeiert."

***

121

Dr. Berghoff blickte über seinen Schreibtisch hinweg Strebinger an, der ihm gegenüber auf einem Besuchersessel Platz genommen hatte. „Diese Patientin gibt mir ehrlich gesagt Rätsel auf. Es ist noch zu früh, um eine fundierte Diagnose zu stellen."

„Es ist doch glasklar, dass sie nicht alle Tassen im Schrank hat", meinte Modric unverblümt, die mit verschränkten Armen neben ihrem Vorgesetzten stand. Ihre steife Lederjacke knarzte bei jeder Bewegung.

Berghoff sah zu ihr hoch. Er hasste es, wenn er zu den Leuten aufsehen musste. „Das haben Sie treffend auf den Punkt gebracht, Frau Oberinspektor. Wie es sich darstellt, hat Lena Hopfner nur einen Menschen umgebracht, nämlich diesen Hans Ruprechter, den sie den *Verbindungsmann* nennt. Sie ist tatsächlich davon überzeugt, dass er ihre Freunde getötet hat. Des Weiteren glaubt sie felsenfest daran, dass Jenny Morgenstern in Begleitung eines Mannes in dem Hotel aufgetaucht ist."

„Was bedeutet das im Klartext, Herr Doktor?", fragte Strebinger. „Hat sie die Anwesenheit von diesem Ralf bloß erfunden, um ihren Hals aus der Schlinge zu ziehen, oder nicht? Denn eines ist sicher: Ruprechter hat mit den Morden nicht das Geringste zu tun."

Berghoff faltete seine Hände vor der Brust „Sie hat ihn nicht *erfunden*. Für sie existiert er wirklich. Alles deutet darauf hin, dass Lena eine zweite Persönlichkeit entwickelte, die diese Morde begangen hat. Daher erscheint es mir nur logisch, dass diese als Erstes *stirbt*. Damit ist sie über jeden Verdacht erhaben, und ein neuer Täter betritt die Bühne: Hans Ruprechter."

„Das ist doch Haarspalterei. Mich interessiert nur, ob all die Opfer durch ihre Hand zu Tode gekommen sind oder nicht. Und wie kann dieser fiktive Ralf, wenn er doch tot ist, alle anderen ermorden?"

Berghoff grinste über das ganze Gesicht. „Das, lieber Herr Chefinspektor, wird sie uns demnächst selbst erzählen, denn ich kann mir gut vorstellen, dass sie sich in diesem Moment in ihrem Bettchen hin und her wälzt und an einer Geschichte bastelt, die wie durch ein Wunder Ralf von den Toten auferstehen lässt. Mittlerweile muss selbst ihr klar sein, dass Ruprechter ein wasserdichtes Alibi hat."

15 RALF

Oh, ja! Er liebte diese Insel. Weißer Sand, Palmen, die bis zum Ufer wuchsen – und erst die vielen hübschen Frauen, die aus allen Winkeln der Karibik und dem Rest der Welt zusammengekommen waren. Von seiner Liege aus hatte er einen guten Blick auf die Cocktailbar und den Pool, wo sich die Bikini-Models tummelten. Das eine oder andere Gesicht kam ihm bekannt vor. *Hey, Blondie, lass die Hüllen fallen, damit ich sehen kann, ob ich schon mal das Vergnügen hatte.* Er lachte über seinen eigenen Scherz, und ein paar Köpfe wandten sich irritiert in seine Richtung. *Was glotzt ihr so dämlich? Ach, leckt mich doch!* Er winkte freundlich und sog an dem Strohhalm, genoss den Pina Colada aus der Kokosnuss. Die Blondine drehte sich demonstrativ von ihm weg. *Von hinten siehst du sowieso besser aus.*

Es war Winter auf der nördlichen Hemisphäre. Hochsaison für die kommenden Bademode-Kollektionen, und das merkte man an den Leuten, die in gewissen Hotels abstiegen. Sein Engagement war geplatzt, weil Jenny ihn unbedingt in die Alpen mitschleifen musste. Jetzt saß er hier mit gebrochener Nase und blauen Flecken im Gesicht, die allerdings schon wieder im Abklingen waren.

Wenn es nur um den Job gegangen wäre, dann hätte er sich den Trip hierher sparen können. Aber das Ticket für den Flug in die *Dom Rep* hatte er von der Agentur gesponsert bekommen. Es war auf den Tag ausgestellt worden, bevor Jenny und er zu dem Horrortrip in die Berge aufgebrochen waren. Das Flugticket hatte sich als äußerst wertvoll erwiesen. Er würde der Agentur eine Ansichtskarte schicken.

Wie nun mal das Leben so spielt, hatte er den Flug unter seinem bürgerlichen Namen, Jens Kornbeißer, mit Verspätung nachgeholt. Selbstverständlich bezahlte er Cash. Nun, es hatte gewisse Vorteile, wenn man Land und Leute kannte, vor allem auf die richtigen Beziehungen kam es an. Für schlappe hundert Dollar und dem Versprechen, ihn auf einer der vielen Mode-Partys einzuschleusen, hatte ihm Enrique einen waschechten Datumsstempel der Einreisebehörde in seinem zweiten Reisepass verschafft, der auf Ralf Schenkelmann ausgestellt war.

Während er, Jens Kornbeißer, am Sechsundzwanzigsten unauffällig in den Flieger gestiegen war, der ihn auf die Insel gebracht hatte, weilte ein gewisser Ralf Schenkelmann seit dem Zweiundzwanzigsten unter der karibischen Sonne. Das perfekte Alibi! Irgendeinen Vorteil musste man ja von zwei verschiedenen Staatsbürgerschaften haben. Er beglückwünschte sich selbst im Stillen zu seiner Genialität und trank den Cocktail aus.

„Massage?" Eine dunkelhäutige Schönheit mit straff zurückgebundenen Haaren und im weißen Kittel, der Professionalität ausstrahlen sollte, blickte mit geschäftsmäßigem Lächeln auf ihn herab.

Ralph legte eine Hand auf seinen Schritt und grinste zurück. „Baby, wenn du wüsstest, womit du mir eine Freude machen könntest."

Die junge Frau mit eindeutig spanischen Wurzeln lachte nervös, und er konnte sehen, dass es ihr unangenehm war. Sie schüttelte zaghaft den Kopf. Einerseits durfte sie die Gäste nicht verärgern, andererseits brachte sie seine plumpe Anmache in Verlegenheit. „Hey, war nur ein Scherz … a joke", sagte er und stand auf. „Massage klingt doch gut."

Er folgte ihr zu der Massagehütte und legte sich auf die gepolsterte Bank, die mit einem frischen Laken überzogen war. Während die Masseurin mit routinierten Griffen seine kräftige Schulter und Rückenmuskulatur ordentlich durchknetete, schweiften seine Gedanken zu dem Hotel in den Alpen ab.

★★★

Diese Schweine wollten mich glatt verrecken lassen!
Die Kälte war unerträglich. Ralf schaffte es nur mit Mühe, seine Augen zu öffnen. Er fühlte sich beengt, wollte sich bewegen, es war dunkel, und irgendetwas bedeckte sein Gesicht.

Verwirrt kämpfte er sich frei, wischte die Tücher und die Plane mit steifen Gliedern beiseite. Es fiel Schnee, und ein kalter Wind fegte die Kristalle über den Boden. Er konnte nichts fühlen, außer dem eisigen Panzer, der sich über seinen Körper gelegt hatte. Ungelenk stakste er zur Kuppel, aber die Tür ließ sich nicht öffnen. Er hämmerte an die Scheibe, blickte hindurch, fand die Halle leer und verlassen vor. Was war geschehen? Wieso hatte er im Freien gelegen? Ein übler Scherz? Die letzte Erinnerung an den Schlag gegen seine Nase tauchte in seinem Kopf auf. Mit ihr nahmen Bilder Gestalt an: wie er Barbara im Pool bedrängt hatte. Sie hatte ihn scharfgemacht, es doch auch gewollt. Wieso hatte sie sich gewehrt? *Diese Schlampe!* Verzweifelt blickte er sich um, denn er musste in die Wärme gelangen, wenn er nicht erfrieren wollte. Er wickelte ein Badetuch um seine Hüften und schaffte es durch reine Willensstärke die Treppe zum Parkplatz hoch und gelangte mit letzter Kraft in die Lobby. Er wollte auf seine Suite, musste sich ein warmes Bad einlassen. Auf dem Flur entdeckte er Jennys Bruder, wie er mit der Hand an der Klinke dastand und über irgendetwas zu grübeln schien. Thomas hatte ihn nicht bemerkt, also tauchte er im Schatten unter und wartete ab. Ihm wollte er auf keinen Fall begegnen, dem Ex von Barbara. Ralf konnte sich denken, dass sie wahrscheinlich als Erstes zu ihm gerannt war, um sich über seinen Annäherungsversuch zu beschweren. Dann hatten diese Schweine beschlossen, ihm einen Denkzettel zu verpassen und ihn wie eine Mumie verpackt ins Freie geschoben, während er bewusstlos war. Er hätte erfrieren können!

Sein Körper begann zu zittern. Er lehnte sich gegen die Wand und rieb mit überkreuzten Händen seine Oberarme. Endlich verschwand Thomas in dem Zimmer. Der Gang war frei. Aus der Suite drangen aufgeregte Stimmen heraus. Offenbar hatten sich alle im Zimmer der fetten Martha versammelt. Er schnappte vereinzelte Gesprächsfetzen auf. Auch sein Name fiel. Neugierig legte er ein Ohr an das Holz, um sie zu belauschen. Sie diskutierten über den Vorfall am Pool, bauschten die Sache auf. Sie hielten ihn für tot. Deshalb hatten sie ihn wie ein Stück rohes Fleisch rausgekarrt und seinem Schicksal überlassen. Auch die Polizei fand Erwähnung. Einen Skandal könnte das geben, wenn herauskäme, dass eine Anzeige wegen versuchter Vergewaltigung gegen ihn vorläge. Solange sie glaubten, dass er tot war, wollte er sie in dem Glauben lassen. In der Zwischenzeit konnte er die Fliege machen. Er schlich weiter den Flur entlang. Jenny trat eben aus ihrer gemeinsamen Suite heraus. Als sie ihn bemerkte, fror ihr Gesicht zu einer eisigen Maske.

„Du Arschloch", fauchte sie und verschränkte ihre Arme vor der Brust. „Ich dachte, du bist tot."

Er wollte an ihr vorbei, aber sie verwehrte ihm den Eintritt.

„Jen, lass es mich erklären ..."

„Da gibt es nichts zu erklären", entgegnete sie kühl. „Es ist aus zwischen uns. Ich will dich nicht mehr sehen."

„Jen, mir ist kalt, ich brauch meine Sachen, ein warmes Bad, sei doch vernünftig."

„Ich bin vernünftig. Du bist derjenige, der Mist gebaut hat."

„Ich weiß, Jen. Es tut mir leid. Lass mich meine Sachen holen, dann fahre ich von hier weg. Ich lass deinen Rover im Tal stehen."

Sie nickte ernst. „Das sieht dir ähnlich, Ralf. Deinen Schwanz steckst du überall rein, aber wenn es wirklich darauf ankommt, zu beweisen, was ein richtiger Mann ist, kneifst du."

„Wie soll ich ohne Sachen und Auto von hier wegkommen?"

„Geh doch zu Fuß!" Mit diesen Worten verschwand sie in der Suite und knallte die Tür vor seiner Nase zu.

Ehe er reagieren konnte, hörte er, wie das Schloss verriegelt wurde. Er probierte vergeblich, sie zu öffnen.

„Hau endlich ab!", drang ihre Stimme zu ihm durch.

Er wollte keinen Lärm verursachen. Trotzdem musste er sich irgendwie aufwärmen. Seine Zehen und Finger kribbelten und brannten. Dann fiel ihm der Pool ein, die Sauna.

Während sich sein Körper allmählich wieder erholte, hatte er viel Zeit nachzudenken. Er würde abwarten, bis die anderen schliefen. Dann konnte er erneut versuchen, Jenny dazu zu bewegen, ihm die Sachen auszuhändigen. Sein Bademantel hing noch immer neben der Sauna. Er schlüpfte hinein und wartete.

***

Jenny öffnete schließlich die Tür. Es kam zum Streit. Aus Angst, dass sie die anderen mit ihrem Geschrei aufweckte, hatte er zugeschlagen. Er wollte sie nicht verletzen, wollte nur, dass sie endlich still war. Warum musste sie ausgerechnet auf den Glastisch fallen? Überall das viele Blut, Jenny, die versuchte ins Bad zu kriechen. In jenem Augenblick hätte er sie am liebsten umgebracht. Er folgte ihr. Sie kauerte nackt auf dem Wannenrand und sah ihn mit großen Augen an. In ihrem Blick konnte er Entsetzen und eine Wagenladung Vorwürfe erkennen. Aber es lag noch ein anderer Ausdruck darauf, der ihm eine Gänsehaut bescherte. Er müsste sie nur noch hineinstoßen und untertauchen, dann wäre alles mit einem Schlag vorbei. Es wäre so einfach gewesen, so verlockend.

Ralf würgte seinen Zorn hinunter. Er stürzte aus dem Badezimmer, packte seine Sachen, sah sich noch einmal um, ging zur Tür und lauschte. Der Gang lag ruhig und friedlich vor ihm. Bis zur Lobby konnte er wegen der Krümmung nicht sehen, aber niemand schien sich zu nähern. Offenbar hatte keiner der anderen etwas mitbekommen. *Mit den verdammten Weibern hat man immer nur Ärger!* Wut kochte abermals in ihm hoch. Was konnte er dafür, dass sie sich so blöd anstellten? Auf seiner Route durch das Hotel passierte er Lenas Tür. Er wählte den Weg über die Küche, denn er hatte Hunger und Durst und wollte auf keinen Fall mit leerem Magen aufbrechen.

Als er wenig später ins Freie trat, wurde er von der Heftigkeit des Schneesturms überrascht. Er tobte nun schon seit vielen Stunden und hatte an vielen Stellen Verwehungen gebildet. Die Sicht war denkbar schlecht, und die Nacht breitete sich wie ein Leichentuch über die verschneiten Berge. Ralf bezweifelte, dass er es bei diesen Bedingungen ins Tal schaffen würde. Nicht einmal mit Jennys Geländewagen, denn er war kein geübter Fahrer. Das Risiko, bei der Dunkelheit und Glätte von der Straße zu rutschen oder in einem Schneehaufen stecken zu bleiben, erschien ihm zu groß. Er besaß kein eigenes Auto. Dies war nie nötig gewesen. *Geh doch zu Fuß,* dröhnten Jennys Worte in seinen Ohren. Also kehrte er in die Lobby zurück und überlegte, was er unternehmen konnte.

Der neue Tag würde bald anbrechen, und irgendwann musste ja ein Schneepflug heraufkommen und die Zufahrtsstraße räumen. Vielleicht würde es ihm dann gelingen, von hier fortzukommen, bei Tageslicht. Er schlich in seine Suite zurück. Das schlechte Gewissen begleitete ihn durch den spärlich beleuchteten Gang.

„Jenny? Ich bin es, Ralf." Als er keine Antwort erhielt, ging er zum Badezimmer und trat ein.

Sie lag in der Wanne. Nur Teile des Gesichts ragten aus dem Wasser heraus, das von dunkelroten Schlieren durchzogen war, die sich an den Rändern aufzulösen begannen. Jennys Blick war starr auf die Zimmerdecke gerichtet. Ein einzelner Wassertropfen löste sich von der Armatur und landete platschend auf der Oberfläche. Sie war tot. In jenem Augenblick wäre er am liebsten davongerannt, aber er stellte seine Tasche ab und bückte sich nach einem umgekippten Schemel, stellte ihn auf und nahm darauf Platz. Dann betrachtete er lange Zeit ohne eine einzige Regung die makabre Szenerie. Hatte sich denn alles gegen ihn verschworen? Er verfluchte das Hotel, den Sturm, Jenny und alle anderen.

Wenn er nun abhaute, dann würde man ihn wegen Mordes anklagen. Andererseits: Er war tot; jedenfalls glaubten das die anderen. Das musste er irgendwie zu seinem Vorteil nutzen. Sie durften ihn nicht entdecken, bevor der Weg ins Tal frei war. Der Sturm konnte schließlich nicht ewig dauern. Als der Morgen dämmerte und die ersten fahlen Lichtfäden ihren Weg beim Panoramafenster herein fanden, trug er den Bademantel in den Saunabereich zurück und formte aus Schnee eine Attrappe auf der Liege, um die Illusion aufrechtzuerhalten, er läge noch immer unter der Plane. Das sollte ihm helfen, Zeit zu gewinnen. Solange die anderen nicht herausfanden, dass er noch lebte, kämen sie nicht auf die Idee, ihn mit Jennys Selbstmord in Verbindung zu bringen. Dann stieg er in den zweiten Stock hinauf und quartierte sich in einer der halbfertigen Suiten ein. Das Schicksal sollte ihm bald bessere Karten in die Hand spielen, aber noch ahnte er nichts davon.

16 TATORTBEGEHUNG

Lena lehnte mit dem Kopf an der Scheibe und beobachtete, wie die Landschaft vorbeizog, ohne diese wirklich wahrzunehmen. Was hatte sie noch zu erwarten? Lebenslange Haft in einem Gefängnis, randvoll mit Schwerverbrechern? Würde sie den Rest ihres Lebens in der Klapsmühle zubringen? Niemand wollte ihr glauben, aber sie hatte die Puzzleteile nun zusammengesetzt. Ralf war für den Tod ihrer Freunde verantwortlich. Hans Ruprechter war durch ihre Hand einen sinnlosen Tod gestorben, und die Bilder ihrer eigenen Raserei würden sie ein Leben lang verfolgen. Nichts ließ sich ungeschehen machen, auch wenn sie es noch so sehr herbeisehnte. Dabei hatte sie sich in jenem Moment so lebendig gefühlt.

Der Tag war für sie eine Tortur gewesen. In einem Auto, begleitet von Dr. Berghoff und den beiden Kriminalbeamten, hatten sie die weite Strecke zu diesem grauenvollen Ort zurückgelegt. Die Rückkehr zum Berghotel hatte alle Wunden wieder aufgerissen, sie die Ereignisse erneut durchleben lassen. Stets begleitet von einem Pulk Beamter, einem voreingenommenen Staatsanwalt, dem Untersuchungsrichter und diversen Forensikern, wurde sie durch die Gegend geschleift. Dabei war ihr der zugeteilte Pflichtverteidiger keine besonders große Hilfe gewesen. Sie waren in der Hütte gewesen, an jedem Tatort. Die Stellen, wo man ihre Freunde und Ruprechter gefunden hatte, waren mit weißen Klebestreifen markiert. Überall befanden sich Spuren von Blut, dunkelbraune, verkrustete Flecken, die nichts mehr gemein hatten mit der ursprünglichen Konsistenz.

Manche Erkenntnisse waren für sie neu, doch das meiste hatte Lena mit eigenen Augen gesehen, auch wenn sich die Vorwürfe der Ermittler nicht mit den tatsächlichen Begebenheiten deckten. Für die Polizei und die Staatsanwaltschaft lag der Fall klar auf der Hand. Lena hatte an jedem Schauplatz ihre Spuren hinterlassen. Fingerabdrücke auf der Axt, der Harpune, ihr Blut wurde in Jennys Zimmer gefunden, an den Scherben, an denen sie sich geschnitten hatte. Den Mord am Verbindungsmann hatte sie ohnehin zugegeben.

Sie wurde mit dem Gras konfrontiert, das sie geraucht hatten und das man in ihrer Suite sichergestellt hatte. Man wies sie auf die Tatsache hin, dass man den Fasern ihrer Kleidungsstücke unzählige Blutproben entnommen hatte. Von jedem *Opfer* befand sich etwas darin. Lena folgte ihrer eigenen Spur von der Hütte bis zum Schauplatz. Erzählte ihre Version der Geschichte, erklärte, wie es dazu kam, dass sie mit jedem ihrer Freunde in Berührung gekommen war, nachdem sie schon tot waren.

Die Menschen um sie herum nickten, Berghoff wechselte mehrmals bedeutungsvolle Blicke mit Strebinger und Modric. Lena wusste, dass es zwecklos war. Sie erkannte es an den Gesichtern, Gesten, Fragen, Andeutungen. Sie hatten sich ihre Meinung längst gebildet, die Mosaiksteinchen zu einem vollkommen verdrehten Bild zusammengesetzt, das nur einen Schluss zuließ: Lena Hopfner war ein Monster!

Die Begehung war für sie selbst ebenfalls aufschlussreich gewesen. Insofern konnte sie einen kleinen Sieg verbuchen. Damit war sie in Wahrheit die Einzige, die aus dem Unternehmen Kapital schlug, aber diese Pille der Erkenntnis schmeckte bitter.

Die Liege, auf der sie und ihre Freunde Ralf ins Freie geschafft hatten, war verschwunden. Keine Badetücher, keine Plane, kein Leichnam. In jenem Moment war ihr klar geworden, dass er den *Unfall* im Pool irgendwie überlebt haben musste.

★★★

„Dann hat er die ganze Zeit gelebt", flüsterte sie und starrte auf die leere Stelle vor der Kuppel. Sie sah Berghoff in die Augen. „Er war vielleicht nur bewusstlos. Wir glaubten, dass er tot sei, aber er hat gelebt! Ja, klar!"

Dr. Berghoff wechselte einen Blick mit Strebinger. „Ich habe Ihnen ja vorhergesagt, dass er von den Toten auferstehen wird."

Sie klammerte sich an seinem Arm fest. „Verstehen Sie nicht, Herr Doktor?", rief Lena verzweifelt. „Er hat sie alle umgebracht, einen nach dem anderen! Während ich in der Hütte war!"

Modric riss sie von dem Psychiater weg. „Sicher, Püppchen, und dann ist er in die Zeitmaschine gestiegen und damit in die Karibik geflogen."

Strebinger kam mit seinem Gesicht ganz nah an ihres heran. Sie konnte seinen Zigarettenatem riechen. „Mich würde brennend interessieren, wie Sie sich erklären, dass er am selben Tag, als er angeblich hier ankam, schon seine Füße in den weißen Sandstrand von Puerto Plata gesteckt hat, Fräulein Hopfner."

Lena schüttelte den Kopf. „Ich kann es nicht."

17 JUANA

Der große Mann mit den blonden Haaren und hellen Augen drehte sich auf den Rücken.

„Wie heißt du?", fragte er sie und setzte ein freundliches Lächeln auf.

Sie schüttelte schüchtern den Kopf. Sie wusste genau, was er von ihr wollte. Wenn sie sich zierte, dann trieb das den Preis hoch. Damit hatte sie schon Erfahrung.

„Du verstehst kein Wort, hab ich recht?"

„Si, Senor." Sie schenkte ihm einen koketten Blick und träufelte Öl auf seine Brust, versuchte sich auf das Einreiben zu konzentrieren. Seine Hand landete wie selbstverständlich auf ihrem Hinterteil. Sie trat einen kleinen Schritt zur Seite, um sich dem Griff zu entziehen.

„Your name?", begann er von neuem. „I'm Ralf."

Sie lächelte. Das wirkte oft. Distanziert, aber freundlich musste sie auftreten. Wenn die Männer glaubten, dass sie leichte Beute war, dann gab es weniger Trinkgeld. „Juana." Sie musste ihn bei Laune halten, also warf sie ihm einen kleinen Brocken hin.

„Juana", wiederholte er. „Schöner Name."

Hingebungsvoll massierte sie seine Brust. Er hatte einen tollen Körper, es bereitete ihr Vergnügen, die kräftigen Muskeln zu kneten, deshalb gewährte sie ihm beim zweiten Anlauf, sie zu berühren.

„Weiß du, Juana, die Frauen in Europa sind so schrecklich kompliziert. Sie bringen einen Mann manchmal dazu, Dinge zu tun, die sie gar nicht wollen." Er kniff sie in den Po und zwinkerte mit einem Auge. „Schreckliche Dinge!"

Juana schlug ihm mit der flachen Hand auf den Bauch und lachte. Die plumpe Art, wie manche Europäer sie anbaggerten, fand sie recht unterhaltsam. Das Exemplar, das momentan vor ihr lag, umwehte noch dazu eine geheimnisvolle Aura. Das weckte ihre Neugier.

„Es sind Menschen gestorben, Juana, und ich war dabei."
Während sie ihn weitermassierte, lauschte sie seinen Worten. Seine Freundin Jenny, ein Model, sei in einer Badewanne ertrunken oder erstochen worden. Sie konnte aus dem Redeschwall nicht deutlich entnehmen, woran sie tatsächlich gestorben war. Nur so viel, dass der Sex mit ihr ohnehin keinen Spaß mehr gemacht hatte. Seine Hand schummelte sich unter ihren Kittel. „No, Senor!", protestierte sie kichernd. Er zog seufzend seine Hand zurück, und sie widmete sich seinen Beinen, um aus der Reichweite der aufdringlichen Hände zu gelangen.

„Sie hatten keine Ahnung", redete er weiter. „Ich war die ganze Zeit dort und habe darauf gewartet, dass der verdammte Schneesturm endlich ein Ende findet."

Irgendeine dicke Frau war erstickt ... eine *fette Frau,* erzählte er. Und ein Mann wurde mit einer Axt erschlagen. Juana hatte aufgehört, ihn zu bearbeiten. Sie verstand nicht jedes seiner Worte, aber immerhin genug, dass sie sich den Rest zusammenreimen konnte. Er war ein gefährlicher Gringo. Ihr wurde erst bewusst, dass ihre Hände untätig auf einem seiner Beine ruhten, als er den Kopf anhob und sie ansah, wobei seine Augen misstrauisch funkelten.

„Stimmt was nicht, Kaffeebohne? Go on! Mach weiter!"
Sie versuchte zu lächeln. Es fühlte sich falsch an, aber es reichte, um ihren Kunden zu besänftigen. Er redete weiter. Sie verstand: *Harry Potter.* Es wurde jemand von einer *pica* aufgespießt, der dem berühmten Zauberlehrling ähnlich gesehen hatte. Plötzlich fürchtete sie sich vor ihm, wollte nur, dass der Mann aus ihrer Massagehütte verschwand. Er wollte genau das Gegenteil, bleiben und reden – und dass sie sich bemühte. Also kümmerte sie sich um ihn nach besten Kräften, obwohl es sie Überwindung kostete.

★★★

Bei Sonnenuntergang verließ Juana das Hotel. Der Fremde ging ihr nicht mehr aus dem Sinn, seine Stimme geisterte immer noch durch ihren Kopf. Seine Worte hatten schreckliche Bilder in ihr hervorgerufen. Bilder von toten Menschen, irgendwo in einem fernen Land, in den Bergen, wo Schnee lag. Sie stellte sich die verschneite Landschaft vor, kannte Schnee nur vom Fernsehen und aus Erzählungen. Ein Schauer jagte durch ihren Körper, fast, als könnte sie die Kälte spüren, ohne jemals damit in Berührung gekommen zu sein. Vor dem Eingang wäre sie beinahe mit ihrem Bruder zusammengestoßen. Sie hatte ihn gar nicht bemerkt, so sehr war sie in Gedanken versunken.

„He, Schwesterherz, wohin so eilig?" Er bemerkte ihren verstörten Gesichtsausdruck. „Was ist passiert?"

Sie hätte ihm gerne ihr Herz ausgeschüttet, erzählt, was sie bedrückte, um die schrecklichen Bilder loszuwerden. Aber nicht hier, auf der Strandpromenade, vor all den Menschen, die unbekümmert an ihnen vorbeispazierten.

„Es ist nichts, Enrique", log sie, „ich hatte nur einen anstrengenden Tag und bin müde."

„Mir machst du nichts vor, Juanita, ich sehe doch, dass dich etwas beschäftigt." Er griff nach ihrer Hand und drückte sie. „Hat dich einer der Gäste belästigt? Du musst nur ein Wort sagen, und ich bringe den Kerl um." Seine Augen ergründeten ihr Gesicht, versuchten hinter die Fassade zu blicken.

Sie schüttelte den Kopf und zog die Hand zurück. „Nein, nein, ich bin wirklich nur fix und fertig." Sie brachte sogar ein Lächeln zustande, denn sie wusste, dass er keiner Fliege etwas zuleide tun konnte und wechselte rasch das Thema. „Wartest du hier auf jemanden?"

Ihr Bruder deutete mit einem Nicken zur Eingangstür. „Ja, auf einen Freund. Wir gehen auf eine schicke Party, wo viele von diesen europäischen Frauen sein werden." Seiner Stimme war die Vorfreude anzuhören. Er schnalzte mit der Zunge und zwinkerte ihr vergnügt zu.

Juana konnte sich vorstellen, wie es auf diesen Partys zuging. Er würde wahrscheinlich sturzbetrunken oder zugedröhnt erst in den frühen Morgenstunden nach Hause kommen. „Enrique! Trink nicht wieder so viel, und lass die Finger von den Frauen."

„He, Schwesterherz, du klingst fast wie Mama! Was denkst du von mir? Ich bin ein Ehrenmann."

Das brachte Juana zum Lachen. „Aber sicher, Brüderchen. Das wird der Grund sein, warum du um das Haus der Velasquez einen großen Bogen machst." Sie ging an ihm vorbei und grinste ihn über die Schulter an. „Pass auf dich auf, du Ehrenmann." „Ich habe Dominga nie angefasst!", rief er ihr nach. „Was kann ich dafür, dass der alte José keine Männer in ihre Nähe lässt?"

Sie winkte mit erhobenem Arm zum Abschied, ohne sich umzudrehen, ließ ein Rad fahrendes Urlauberpaar passieren und überquerte die staubige Straße. Juana lachte still in sich hinein, als sie sich ihren Bruder vorstellte, wie er gestikulierend vor dem Portal stand und ihr nachsah. An der Ecke beim minimercado drehte sie sich doch noch einmal zu Enrique um und beobachtete, wie er eben den großen, blonden Mann begrüßte, der ihr so große Angst eingejagt hatte. Das Lächeln erstarb augenblicklich, und ihr Herz tat einen gewaltigen Satz. Was hatte er mit diesem unheimlichen Fremden zu schaffen? Weshalb hatte er ihn einen *Freund* genannt? Woher kannte er ihn? Am liebsten wäre sie zu Enrique zurückgelaufen, um ihn davon abzuhalten, auf diese Party zu gehen. Aber sie traute sich nicht, dem großen Blonden noch einmal unter die Augen zu treten. Also beließ sie es dabei, dem ungleichen Paar nachzusehen, wie es die Promenade hinunterschlenderte. Ihr Bruder wirkte so klein und zerbrechlich neben dem Hünen, dass es ihr fast das Herz brach. Wenigstens schien es so, als würden die beiden prächtig miteinander auskommen. Sie scherzten und lachten und verrenkten die Hälse nach den jungen Frauen, die ihren Weg kreuzten. *Pass auf dich auf, Bruderherz,* dachte sie und hoffte, dass der Fremde nicht herausfand, dass sie Enriques Schwester war und seine Sprache verstand. Dabei hatte sie sich solche Mühe gegeben, sich nichts anmerken zu lassen.

18 AUF DER FLUCHT

Berghoffs Schrei gellte wie ein Peitschenknall aus dem Nichts durch die Fahrkabine und zerriss die monotone Geräuschkulisse, die eine Fahrt auf der Autobahn bot, wenn kein Radio läuft und die Passagiere sich in einträchtiger Schweigsamkeit üben. „Achtung! Passen Sie auf!"

Plötzlich drehte sich der Wagen, ein Schlag katapultierte ihn in die andere Richtung. Reifen quietschten und metallisches Krachen ertönte, Scheiben barsten. Die vier Insassen wurden hin und her geschleudert wie Crash-Test-Dummies. Dann folgte ein heftiger Anprall, der das Gefährt unmittelbar zum Stillstand brachte.

Lena hatte sich den Kopf gestoßen und sah benommen zu Modric hinüber, die neben ihr auf der Rückbank saß. Der Kopf der Ermittlerin war auf die Brust gesunken. Sie wendete den Blick nach vorn. Der Psychiater auf dem Beifahrersitz kämpfte mit dem Airbag, Strebinger krallte sich stöhnend am Lenkrad fest.

„Mein Fuß klemmt fest", keuchte der Polizist.

Berghoff drehte sich zu den beiden Frauen um. Sein Blick fiel auf Lena. „Alles in Ordnung da hinten?"

Lena nickte, folgte seinen geweiteten Augen zu der Autotür, die offen stand. Im selben Moment dämmerte ihr, welche Chance sich ihr bot.

„Modric!", hörte sie Strebinger bellen. „Verdammt, was ist mit dir los?" Er konnte Lena nicht sehen, da sie hinter ihm saß, aber sein Profil tauchte neben der Kopfstütze auf. „Modric!"

„Ich war es nicht", flüsterte Lena in Berghoffs Gesicht und erkannte an seinem Mienenspiel, dass er ahnte, was sie vorhatte. Dann kletterte sie aus dem Wagen und rannte zwischen den Autowracks auf die Leitplanke zu. Menschen begannen aus ihnen herauszuschlüpfen, manche blutüberströmt. Sie bewegten sich wie Zombies, torkelten planlos auf der Fahrbahn herum. Lena wich ihnen aus und setzte die Flucht unbeirrt fort.

Sie hörte Berghoffs Stimme, als er ihr nachrief. „Lena! Bleiben Sie stehen! Es hat doch keinen Sinn!"

Für mich schon, für mich schon! Wie ein Mantra wiederholte sie im Geiste diese drei Worte, während sie ein Feld überquerte. Der Wald dahinter war ihr Ziel, das mit jedem Schritt näher rückte. Sie geriet auf dem unebenen, gefrorenen Boden ein paarmal ins Taumeln, fing sich wieder und stolperte weiter. Erst als sie den Waldrand fast erreicht hatte, drehte sie sich um. Niemand war ihr gefolgt. Weil sie ohnehin außer Puste war, ließ sie sich in einen leichten Trott fallen und drang auf einem Wildpfad ins Unterholz vor. Zwischen den Bäumen war es finster, da der Tag sich seinem Ende zuneigte. Lena konnte nur Schemen erkennen. Raschelnd stoben ein paar überraschte Rehe ins Gebüsch davon. Sie stieß einen spitzen Schrei aus, sah sich um und erkannte, dass sie vom Weg abgekommen war. *Egal! Weiter!*

Die Polizei würde bald ihre Spur aufnehmen. Wahrscheinlich sogar mit Spürhunden den Wald durchkämmen. Immerhin war sie eine mehrfache Mörderin, psychisch gestört, unberechenbar. Sie war ein Sicherheitsrisiko. Dieser Gedanke trieb sie an. Mit gefesselten Händen vor dem Oberkörper und Gesicht, als Schutz vor den kratzenden Zweigen und Ästen, hastete sie weiter durch das knöcheltiefe Laub, bis sie am anderen Ende des Waldes eine Landstraße erreichte.

In einer Richtung drängten sich ein paar Häuser zu einer Siedlung zusammen, in der anderen lag eine größere Stadt. Sie überlegte, um welche es sich handeln konnte, da machte sie eine weitere Entdeckung. Parallel zur Straße, in einiger Entfernung, wälzten sich die stählernen Bänder einer Zugstrecke durch die ebene Landschaft und verschwanden im aufkommenden Nebel aus ihrem Sichtbereich. Während Lena ihre Optionen durchging, näherte sich von der Ortschaft her ein Auto mit aufgeblendetem Licht. Sie versteckte die Handschellen, so gut es ging, unter den Ärmeln des Parkas und wartete ab, was geschehen würde.

Obwohl sie keinerlei Handzeichen gab, dass sie mitgenommen werden wollte, hielt der Wagen auf ihrer Höhe. Am Steuer saß ein Mann mittleren Alters. Dieser ließ das Fenster herunter. „Soll ich Sie mitnehmen? Wo wollen Sie eigentlich hin?"

Lena schaute an ihm vorbei ins Innere des Vans. Zwei Kindersitze auf der Rückbank beruhigten sie. „Guten Abend. Ja, das wäre nett von Ihnen", antwortete sie mit gefasstem Tonfall. Der Fahrer sollte nicht merken, wie aufgeregt sie tatsächlich war. Außerdem musste Lena ihm eine plausible Geschichte auftischen, ohne seinen Argwohn zu wecken. „Fahren Sie zufällig in die Stadt?" Sie nickte. „Ich müsste nämlich zum Bahnhof."

Er überlegte kurz. „Ist zwar ein kleiner Umweg, aber springen Sie rein. Bei der Kälte kann ich Sie ja nicht hier draußen herumlaufen lassen." Er öffnete die Beifahrertür, und Lena ging am Heck um den Wagen herum.

Um ihn von den Handschellen und den Verbänden abzulenken, sagte sie während des Einsteigens: „Sie glauben gar nicht, wie viele Rehe in dem Wald unterwegs sind." Während er seinen Kopf automatisch von ihr wegdrehte, zog sie die Tür zu und versteckte rasch die Hände in den weiten Ärmeln der Jacke, als wollte sie ihre steif gefrorenen Finger wärmen.

Er legte den ersten Gang ein und fuhr los. „Was machen Sie eigentlich so allein in dieser gottverlassenen Gegend?"

Lena bastelte sich mit klopfendem Herzen eine Geschichte zurecht. Sie wäre mit ihrem Freund in Streit geraten, und er hätte sie aus dem Auto geworfen, um ohne sie weiterzufahren. Logischerweise war der Mann erbost über dieses Benehmen und schlug sich sofort auf ihre Seite. Sie deckte ihn mit einem Redeschwall ein, damit er erst gar nicht auf die Idee käme, ihr irgendwelche unangenehmen Fragen zu stellen. Solange sie die Kontrolle über das Gespräch behielt, würde sie es in eine ihr angenehme Richtung lenken können. Als er endlich am Bahnhof anhielt, hatte sie ihm die komplette Lebensgeschichte einer fiktiven Figur erzählt. Er hatte nicht einmal bemerkt, dass sie die ganze Fahrt über nicht angeschnallt gewesen war.

„Darf man hier überhaupt stehen bleiben?", fragte Lena. „Ich glaub, dort drüben steht ein Polizist." Er hielt Ausschau nach dem vermeintlichen Ordnungshüter, und eh er es sich versah, war sie schon bei der Tür draußen. „Danke fürs Mitnehmen." Mit diesen Worten schlug sie die Tür zu und entschwand über den Gehsteig in die Bahnhofshalle, ohne sich noch einmal umzudrehen. Wenn man auf der Flucht war, konnte man sich den Luxus nicht leisten, auf höfliche Umgangsformen zu achten.

★★★

„Eine halbe Stunde ist inakzeptabel! Das Sonderkommando soll in die Gänge kommen! Wir brauchen einen Hubschrauber mit Infrarot-Kamera und dem vollen Programm, sonst entwischt uns die Flüchtige!"

Aus dem Funkgerät war Rauschen und Knistern zu hören, dann meldete sich die verzerrte Stimme erneut. „Sie schaffen es in fünfundzwanzig Minuten. Helikopter OE-BXA ist in der Luft! Er wird vor der WEGA eintreffen."

Strebinger ließ das Handstück einfach los und lehnte den Kopf gegen die Nackenstütze. „Wenigstens was. Den Burschen muss man nur Dampf unterm Arsch machen."

Modric tastete mit der Hand prüfend über die Beule, die sich knapp über ihrem rechten Ohr gebildet hatte. „Bis dahin ist sie längst über alle Berge. Ich werde schon mal zu Fuß die Verfolgung aufnehmen. Wir bleiben in Verbindung, Klaus." Sie wedelte kurz mit dem Handy in der Luft herum und steckte es in die Jackentasche.

Ihr Vorgesetzter nickte. „Ist okay, Jana. Pass auf dich auf. Diese Hopfner ist gefährlich und hat nichts zu verlieren!" Dann setzte er sich auf und blickte durch die zerborstene Windschutzscheibe. „Wo ist denn unser Psycho-Arzt?"

Die Ermittlerin stieg aus dem Wagen und sah sich um. Tanzendes Blaulicht verwandelte die Unfallstelle in ein heilloses Durcheinander aus Licht und Schatten. Menschen irrten über den Asphalt und zwischen den Fahrzeugen herum. Sie konnte Berghoff erkennen, der einem Sanitäter bei der Reanimation eines Schwer-Verletzten assistierte. Der Profi verabreichte eine Herzmassage, und der freiwillige Helfer beugte sich soeben über den am Asphalt Liegenden und blies ihm Atemluft in den Mund. „Der ist gerade dabei, jemanden zu beatmen."

„Gut! Lauf los, Jana! Lass die Irre nicht entkommen! Und wenn du unterwegs einen Feuerwehrmann triffst, der eine Bergeschere dabei- hat, dann schick ihn zu mir, damit er mich hier rausschneidet."

Modric überquerte die Fahrbahn, setzte mit einem Sprung über die Leitplanke und nahm die Verfolgung auf. Der Wald hob sich als dunkler Schatten vor dem grauen Himmel ab. Die Richtung war klar, aber sie konnte nicht erkennen, ob sich jemand vor ihr befand. Sie vermutete, dass Lena Hopfners Vorsprung zu groß war, diese sich längst im Schutz der Bäume befand. Während sie über die Ackerfurchen stolpernd vorwärtsdrängte, tastete sie nach der Waffe am Gürtel. Sollte es sich nicht vermeiden lassen, würde sie keine Sekunde zögern und der Mörderin eine Kugel verpassen.

✶✶✶

Lena hatte den Gang nicht aus den Augen gelassen. Als der Zugbegleiter im Korridor auftauchte, um die Tickets der neu zugestiegenen Fahrgäste systematisch zu kontrollieren, war sie aufgestanden, um sich in der Zugtoilette zu verstecken. Sie sperrte diese nicht ab, hoffte, dass er an der vermeintlich leeren Kabine vorbeigehen würde. Ihre Rechnung ging auf. Nachdem seine Schritte sich entfernt hatten, kehrte sie zu ihrem Sitzplatz zurück und starrte aus dem Fenster. Von der Landschaft konnte sie kaum etwas erkennen. Die meiste Zeit zeichnete sich ihr eigenes Spiegelbild auf der dunklen Scheibe ab. Nur wenn der Zug einen Provinzbahnhof passierte oder in einer größeren Ortschaft anhielt, gab es Nahrung für ihre Sehnerven.

Sie befand sich in einem Intercity-Zug der Westbahn und entfernte sich rasend schnell von der Hauptstadt, in die man sie zurückbringen wollte. Jeder Kilometer, den die Bahn auf den Schienen ratternd zurücklegte, brachte sie ein Stück von der Gefängniszelle weg, die auf sie wartete. Sie hätte bis München durchfahren können – zu verlockend war das sanfte Schaukeln des Waggons –, stieg aber knapp vor Salzburg aus. Kurz vor Mitternacht klopfte sie an Großmutters Haustür. Es dauerte eine gefühlte halbe Ewigkeit, bis ihr diese geöffnet wurde.

„Lena! Um Himmels willen! Bist du's wirklich?" Eben noch schlaftrunken, war die alte Frau beim Anblick ihrer Enkelin plötzlich hellwach. Vergessen war der Ärger wegen des nächtlichen Störenfrieds, der sie aus dem wohlverdienten Schlaf gerissen hatte. „Komm rein, Kindchen!" Ihre faltigen Hände griffen nach Lenas Unterarm und zogen sie in die behagliche Wärme.

Während ihre Großmutter Kräutertee kochte und danach die Verbindungskette der Handschellen mit einer Eisensäge bearbeitete, erzählte Lena ihre Geschichte. Zum ersten Mal hatte sie das Gefühl, dass ihr jemand Glauben schenkte. Therese Hopfner strahlte eine Ruhe aus, die sich auf Lena übertrug und sie nach den schicksalhaften Tagen, in denen sich so viel Angst und Verzweiflung angehäuft hatten, endlich wieder ein wenig Kraft und Hoffnung schöpfen ließ. Sie spürte, wie die Last mit jedem Wort und jeder sägenden Bewegung der fleißigen Hände leichter wurde.

Die alte Frau hatte schweigend zugehört, ab und zu genickt. Als das Werk vollbracht war und Lena ihre Arme ausbreiten konnte, um die Großmutter zu umarmen, klopfte ihr diese tröstend auf den bebenden Rücken. „Ach, Kindchen, welchen Kummer hat man dir da aufgeladen."

Lenas Blick fiel auf die alte Kuckucksuhr über dem Herd, die schon dort hing, bevor sie geboren worden war. „Oma, ich kann nicht lange bei dir bleiben. Die Polizei wird wahrscheinlich hierher kommen."

Therese drückte ihrer Enkelin ein Taschentuch in die Hand und schlurfte wortlos in die Schlafkammer. Lena blickte ihr nach, hörte sie herumkramen, dann kehrte sie mit einer Schatulle zurück und setzte sich wieder auf den Stuhl. Sie klappte den Deckel hoch, entnahm der Holzschachtel ein Bündel Geldscheine und legte es auf den Tisch. „Nimm es, Lena, du brauchst es notwendiger als ich."

Lena blickte auf den Stapel. Es waren hauptsächlich kleine Scheine, aber ein paar Hunderter befanden sich auch darunter.

Sie schüttelte den Kopf. „Deshalb bin ich nicht zu dir gekommen. Das kann ich nicht annehmen."

„Weiß ich doch, Kindchen. Aber was soll ich damit anfangen? Du bist alles, was mir geblieben ist."

„Danke, Oma", schniefte Lena und umarmte sie abermals. Diese großzügige Geste rührte sie zu Tränen. „Ich zahl es dir zurück, versprochen."

Die alte Frau kicherte. „Ist ja schon gut, Kindchen. Gib es mir meinetwegen zurück, wenn du eine berühmte Gehirnverdreherin geworden bist."

Lena verstaute das Geld in der Jackentasche. „Kann ich heute Nacht bei dir bleiben? Ich bin völlig erledigt."

„Bleib, so lange du möchtest. Meine Tür steht immer für dich offen."

Lena zuckte mit den Schultern. „Ich werde morgen früh abhauen. Es ist zu riskant hierzubleiben." Dann legte sie den Kopf schief und grübelte nach. „Was machst du, wenn sie Hunde dabeihaben? Die werden mich wittern, und dann bekommst du Schwierigkeiten, wegen Beihilfe zur Flucht und so ..."

Therese stand auf und zwinkerte. „Mach dir mal darüber keine Gedanken. Dafür habe ich den coleus canin."

Lena sah ihr verblüfft nach, während Therese in der Diele verschwand. „Coleus canin? Was ist das?"

Die Großmutter kam mit zwei Blumentöpfen zurück und stellte sie auf den Tisch. „Australische Buntnessel. Hunde mögen den stechenden Geruch nicht. Früher haben die ständig an meinem Zaun ihr Bein gehoben. Seitdem ich die Töpfe während der wärmeren Jahreszeiten draußen beim Gartentor stehen habe, machen die Köter einen großen Bogen um mein Grundstück. Wenn die Polizei mit ihren Schnüfflern anrückt, dann zerrreibe ich einfach ein paar Blätter zwischen den Fingern, bevor ich ihnen die Tür öffne."

Lena kam aus dem Staunen nicht mehr heraus. „Das ist genial."

Bevor sie angezogen auf das Bett fiel, wechselte sie den Verband an der Hand mit den amputierten Fingern. Für die andere brauchte sie keinen mehr.

***

Sie war wieder im Schneesturm unterwegs, stapfte in der Dunkelheit den Berg hinauf. Plötzlich ragte die Silhouette des Hotels vor ihr auf. Das Garagentor stand einladend offen, und sie folgte dem finsteren Gang durch den Keller in die Lobby. In der Hand hielt sie eine Taschenlampe. Woher sie diese hatte, konnte sie sich nicht erklären. Träume waren selten logisch, besaßen ihre eigenen Gesetze. Plötzlich tauchte aus der Schwärze ein Gesicht auf. Mund und Nase waren mit Zellophan-Folie umwickelt. Todesangst zeichnete sich in den weit aufgerissenen Augen ab. Der furchterregende Anblick fuhr Lena augenblicklich in die Glieder. Sie kannte dieses Gesicht, es war Mar-tha …

Lena setzte sich ruckartig auf. Sie versuchte die schrecklichen Traumbilder loszuwerden. Verwirrt sah sie sich um. Fahles Licht fiel durch ein Fenster in die kleine Schlafkammer, in der sie als Kind so oft übernachtet hatte. Dann fiel ihr alles wieder ein. Das Hotel, die Tatortbegehung, der Unfall und ihre Flucht. *Oma!*

Mit zitternden Fingern erkundete sie die stählernen Ringe, die ihre Handgelenke umschlossen. Sie musste die Handschellen irgendwie loswerden, brauchte einen Schlüssel, um sie zu öffnen. Lena schlüpfte in den Parka und die Stiefel und schlich zur Schlafzimmertür ihrer Großmutter. Durch einen Spalt linste sie in die Kammer hinein. Therese lag friedlich schlummernd in ihrem Bett. Lenas Hand tastete nach dem Geldbündel in der Tasche. *Danke für alles, Oma!*

Auf dem Küchentisch lagen Fäustlinge, eine Wollmütze und eine Sonnenbrille mit großen dunklen Gläsern. Daneben fand sie eine handgeschriebene Notiz. *Vielleicht kannst du das brauchen. Viel Glück, Lena. In Liebe, Therese.* Omas Fürsorge zauberte ihr ein Lächeln ins Gesicht.

Auf leisen Sohlen verließ sie das Haus. Sie ging durch die kalte Morgenluft zur nahen Bushaltestelle. Während sie auf den Bus wartete, der sie zum Bahnhof bringen würde, gesellten sich immer mehr Menschen zu ihr, um zur Arbeit zu fahren. Ihr konnte das nur recht sein. Somit würde sie der Fahrer wenigstens nicht identifizieren können, sollte er von der Polizei befragt werden.

19 DAS BLATT WENDET SICH

Chefinspektor Strebinger knallte den Hörer auf die Station. „Staatsanwalt Riegler wird jeden Augenblick da sein. Er war stinksauer, dass uns die Hopfner entwischt ist."

„Was hat er gesagt?" Modric wandte den Blick von der Landkarte und fixierte den Vorgesetzten mit ihren dunklen Augen. Dieser wetzte ungeduldig auf dem Bürosessel herum und hob sein Bein auf einen Stuhl, um es hochzulegen. „Er hat angeblich wichtige Neuigkeiten, aber er wollte am Telefon nichts Genaues verraten." Er nestelte an der Kunststoffschiene herum, die seinen gebrochenen Knöchel stabilisieren sollte.

„Ging es um die Flüchtige?"

„Was denkst du, Jana? Natürlich ging es um Lena Hopfner!"

Die Ermittlerin zuckte zusammen. „Deshalb musst du mich nicht gleich so anbrüllen. Ich kann schließlich nichts dafür, dass sie abgehauen ist. Wenn du die Karre nicht zu Schrott gefahren hättest, dann säßen wir jetzt nicht hier und die Täterin dort, wo sie hingehört."

„Schon gut, Jana, tut mir leid. Es bringt nichts, wenn wir uns gegenseitig Vorwürfe machen." Er winkte beschwichtigend ab und blickte auf seine Uhr. „Das Mobile Einsatzkommando müsste jetzt bei der Großmutter sein. Ich hoffe, dass diese Lena Hopfner so blöd war, dort aufzukreuzen."

„Da wäre ich gern dabei gewesen", seufzte Modric und rieb mit der Hand über die Beule an ihrem Schädel.

Strebinger deutete auf seinen Fuß. „Im Moment bleibt uns nichts anderes übrig, als abzuwarten. Sie wird irgendwann einen Fehler machen und auftauchen. Dann schnappen wir sie uns."

Modric nahm auf einem bequemen Armsessel Platz und faltete die Hände vor der Brust. „Wen hast du eigentlich auf ihre Wohnung angesetzt?"

„Nehringer und Pletchkov."

Plötzlich wurde die Tür ohne Vorwarnung aufgerissen, und Staatsanwalt Riegler stürmte ins Büro. „Na, meine Herrschaften, haben wir es schön bequem?"

„Wir tun, was in unserer Macht steht, um die Flüchtige zu finden, Herr Staatsanwalt", entgegnete Strebinger.

„Das sehe ich." Seine Augen huschten genervt zwischen den beiden Ermittlern hin und her.

Der Chefinspektor schlug mit der flachen Hand auf den Tisch. „Wir waren gestern den ganzen Tag unterwegs, mussten uns verarzten lassen und nebenbei die Suche nach Lena Hopfner koordinieren. Meine Kollegin und ich haben die ganze Nacht kein Auge zugetan. Eigentlich könnte ich jetzt in einem weichen Krankenhausbett liegen und mir von einer Krankenschwester einen blasen lassen. Stattdessen sind wir gerade dabei, der Entflohenen auf die Pelle zu rücken."

„Wie soll Ihnen das gelingen, wenn Sie hier sitzen und Trübsal blasen?" Riegler knallte einen roten Schnellhefter auf den Tisch.

„Was ist das?" Der Ermittler beugte sich vor und griff nach der Mappe, um sie aufzuschlagen.

„Das, mein lieber Herr Chefinspektor, ist die eidesstattliche Aussage zweier dominikanischer Bürger, die schwören, dass Ralf Schenkelmann zum gegebenen Tatzeitpunkt nicht in der Karibik war. Erique Cuartero hat gegenüber den dominikanischen Behörden bekannt gegeben, dass er besagtem Schenkelmann einen Stempel für seinen Reisepass besorgt hat, um das Datum seiner Ankunft zu verschleiern. Juana Cuartero, dessen Schwester, ist Masseurin in einem Hotel von Puerto Plata. Ihrer Aussage nach hat Ralf Schenkelmann sehr wohl die Weihnachtsfeiertage in den verschneiten Bergen verbracht und Unglaubliches darüber zu berichten gewusst. Dinge, die nur jemand wissen kann, der auch dort war."

Modric sprang hoch, umrundete den Schreibtisch und sah ihrem Chef über die Schulter, während er die Computerausdrucke überflog. „Wie ist so etwas möglich?"

Der Staatsanwalt schnaubte und fuhr sich über die Stirnglatze. „Sagt Ihnen der Name Jens Kornbeißer etwas?"

Beide Ermittler schüttelten die Köpfe. „Jens Kornbeißer, nie gehört, wer soll das sein?", fragte Strebinger und warf den Schnellhefter auf den Tisch.

Riegler lehnte sich vor und stützte sich mit einer Hand an der Tischplatte auf. Der Zeigefinger der anderen klopfte auf den roten Umschlag. „Hätten Sie Ihre Hausaufgaben gemacht, dann wüssten Sie, dass es sich bei Ralf Schenkelmann um ein Pseudonym handelt. Wie es aussieht, besitzt der Mann, der als Jens Kornbeißer in Österreich geboren wurde, einen englischen Pass, der auf seinen Künstlernamen ausgestellt ist."

Strebinger raufte sich stöhnend das kurz geschnittene Haupthaar. „Das darf doch nicht wahr sein! Wie konnte uns das entgehen?" Er blickte seine Kollegin scharf an.

Diese zuckte mit den Schultern. „Er hat nie zum Kreis der Verdächtigen gehört, war ja angeblich nie vor Ort, deshalb haben wir seinen Hintergrund nicht durchleuchtet." Sie verschränkte die Arme vor der Brust und ging auf Distanz.

„Wunderbar!", rief der Staatsanwalt und klatschte in die Hände. „Sie haben also die gesamten Ermittlungen auf Lena Hopfner konzentriert? Ist Ihnen nie der Gedanke gekommen, dass sie eventuell die Wahrheit sagen könnte?"

Strebinger angelte nach einer Krücke, wollte aufstehen, ließ es aber bleiben. „Wir hatten doch das Gutachten von Dr. Berghoff, die DNA-Spuren von der Verdächtigen an jedem Tatort. Die Indizienlage war eindeutig."

Der Staatsanwalt ging zur Tür. „Den guten alten Dr. Berghoff werde ich mir auch noch vorknöpfen", brummte er und legte die Hand auf die Klinke. „Finden Sie diesen Kornbeißer. Offenbar hat der Mann etwas zu verbergen."

„Und was ist mit Lena Hopfner?", erkundigte sich Strebinger geknickt.

„Die selbstverständlich auch. Selbst wenn sich herausstellen sollte, dass sie die Wahrheit gesagt hat, muss sie sich für den Tod von Hans Ruprechter verantworten." Mit diesen Worten verließ er das Büro.

Modric stampfte verärgert mit einem Fuß auf den Boden. „Scheiße!"

***

Die Verkäuferin im Sex-Shop hatte sich vor Lachen förmlich gebogen, als Lena ihr eine fantasievolle Geschichte aufgetischt hatte, wonach sie von ihrem One-Night-Stand-Partner in Handschellen zurückgelassen worden war. Sie musste einige Schlüssel probieren, bis einer davon passte und Lena von den unliebsamen Armreifen befreit war. „Wir hätten da nette Handschellen mit Plüschbesatz im Angebot", meinte sie und wischte sich die Lachtränen aus dem Gesicht.

„Nein, danke!", erwiderte Lena grinsend. „Mein Bedarf an Abenteuern ist gedeckt."

Der nächste Weg führte sie in ein Internetcafé. Dank diverser Suchmaschinen hatte sie relativ rasch herausgefunden, wer sich hinter dem Pseudonym Ralf Schenkelmann verbarg. Lena dankte dem World Wide Web, dass es ungefragt Informationen lieferte und man sich anonym darin bewegen konnte. Wenn man weiß, wonach man sucht und die richtigen Begriffe eintippt, dann muss man nur noch die Flut an Links nach den Wesentlichen durchforsten. Nach einer Stunde war sie im Besitz der aktuellen Wohnadressen in London und Wien.

Wien, das ist ein guter Anfang, dachte sie hoffnungsvoll. Sie hatte zwar noch keinen konkreten Plan, wie es weitergehen sollte, aber sie vertraute darauf, dass ihre Glückssträhne anhielt. Trotzdem entschied sie sich dafür, Vorsorge zu treffen und kaufte einen handlichen Elektroschocker, was ihr schmales Budget zwar belastete, ihrer Meinung nach dennoch unumgänglich war. Sollte sie tatsächlich auf den Mörder ihrer Freunde treffen, durfte sie keine Gnade von ihm erwarten.

Seine Wohnung befand sich direkt an einer Einkaufsstraße im Zentrum der Stadt, und sie fragte sich, was ein männliches Model verdienen musste, um sich eine Bleibe in einem derart noblen Viertel leisten zu können. Schräg vis a vis des Haustores war ein kleines Café untergebracht, das am Nachmittag gut besucht war. Sie wartete, bis ein Zweiertisch an einem der Fenster frei wurde und besetzte den Platz, um sich auf die Lauer zu legen. Sie wurde nicht lange auf die Folter gespannt. Kaum hatte der Kellner den bestellten Milchkaffee und Apfelstrudel mit Extraportion Schlagsahne gebracht, um mit einem „Hoffe, der Gnädigsten schmeckt es" wieder zu verschwinden, tat sich etwas vor dem Gebäude.

Zwei Polizeifahrzeuge hielten mit quietschenden Reifen am Randstein, und Lena beobachtete, wie aus dem Zivilfahrzeug zwei Männer in Trenchcoats ausstiegen und ein halbes Dutzend schwer bewaffnete Elitepolizisten dirigierten, die aus einem Mannschaftswagen herausgesprungen waren. Die Szene wirkte unrealistisch, wie aus einem Actionfilm, und sie fühlte sich wie eine Agentin in geheimer Mission. Unwillkürlich rutschte sie tiefer und rückte die Brille zurecht. Am liebsten hätte sie ihre Mütze aufgesetzt, ließ es aber bleiben. Manchmal macht man sich verdächtig, wenn man zu sehr bemüht ist, unverdächtig erscheinen zu wollen. Also begnügte sie sich damit, die Vorgänge auf der Straße zu beobachten.

Die Polizisten verschafften sich Zugang zu dem Haus. Einer nach dem anderen verschwand darin. Alles wirkte höchst professionell. Nun machte sich Verwunderung in ihr breit. Für sie stand außer Frage, dass die Polizei wegen Ralf alias Jens hier aufgetaucht war. Sie konnte sich nur nicht erklären, weshalb sie das Haus stürmten, als ob es darum ginge, einen Serienmörder zu verhaften. Immerhin wurde *sie* gesucht, während *er* sich ein hieb- und stichfestes Alibi verschafft hatte. Konnte die Polizei ihm in der Zwischenzeit auf die Schliche gekommen sein? Lena aß den Apfelstrudel, trank den Kaffee und wartete ab, während ihre Gedanken in einer Umlaufbahn um diese fixe Idee beständige Kreise zogen. Nein, das war unwahrscheinlich! Es wäre zu schön, um wahr zu sein!

Etwa nach einer halben Stunde strömten die Uniformierten in den Kampfanzügen aus dem Haustor heraus und in den Transporter hinein. Dann brauste der Kastenwagen davon, während die Ermittler in Zivilkleidung in ihren Wagen stiegen. Der Beifahrer holte das mobile Blaulicht vom Dach herunter und schloss das Fenster. Lena hatte erwartet, dass sie abfahren würden, doch der BMW blieb stehen. Sie konnte die Silhouetten der beiden Männer im Inneren erkennen. Sie war offenbar nicht die Einzige, die beschlossen hatte, vor Ralfs Behausung Stellung zu beziehen.

Als der Kellner zum wiederholten Mal mit vorwurfsvollem Blick ihren Tisch passierte, orderte sie einen zweiten Apfelstrudel mit extra Schlagsahne und einen weiteren Milchkaffee. „Ich warte auf jemanden", streute sie entschuldigend ein.

„Wie Gnädigste meinen", nuschelte der Kellner und verschwand mit dem leeren Geschirr, um die neue Bestellung zu holen.

Lena sah auf die Straße hinaus, über die sich allmählich Dunkelheit herabsenkte. Der Abend war angebrochen, und das Licht der Straßenlaternen tauchte die Umgebung in ein goldenes Licht. Eine ältere Dame kam aus dem Haus, steuerte auf den zivilen Polizeiwagen zu und klopfte an die Scheibe. Diese wurde heruntergelassen. Lena konnte erkennen, wie sie sich mit den Männern unterhielt. Dann schlurfte sie den Gehsteig entlang, wobei sie einen kleinen Einkaufs-Trolley hinter sich herzog, und bog um die Häuserecke, wo sie aus Lenas Blickfeld verschwand. Unwillkürlich fragte sie sich, ob sie jemals wieder ein normales Leben führen würde.

★★★

„Ja, wenn das nicht der Herr Kornbeißer ist!"

Ralf fuhr herum. Sein Blick fiel auf die alte Frau Krautmann, die Nachbarin, die nebenan wohnte.

„Ah, Sie sind es! Mein Gott, haben Sie mich erschreckt", erwiderte er lachend. Das Grinsen erstarb, als sie fortfuhr.

„Ja, was glauben Sie, wie ich mich erschreckt habe, als die vielen Polizisten mit all den Waffen plötzlich überall auf dem Gang aufgetaucht sind. Die wollten zu Ihnen. Unfreundliche Leute waren das."

„Wann war das?", fragte er schockiert.

Ihre schrille Stimme erhob sich zu einem Crescendo. „Na, gerade eben! Zwei Herren sitzen noch immer im Auto vor dem Haustor. Wenn Sie sich beeilen, dann erwischen Sie die noch!"

Ralf wäre beinahe die Milchtüte aus der Hand geglitten. Was wollten sie von ihm? Zwar hatte ihn vor ein paar Tagen ein Inspektor Strebinger angerufen und gemeint, dass er sich melden sollte, sobald er aus dem Urlaub zurück wäre, aber der Umstand, dass ihn die Polizei mit vollem Aufgebot aufgesucht hatte, ließ bei ihm die Alarmglocken schrillen. Waren sie ihm etwa wegen des gefälschten Passstempels auf die Schliche gekommen? Hatte vielleicht gar Enrique geplaudert? Alles deutete darauf hin, dass sein Alibi geplatzt war. Das würde auch das Polizeiaufgebot erklären. „Danke, Frau Krautmann. Mal sehen, ob ich sie noch erwische."

Er beeilte sich, zur Kassa zu kommen, ließ seine Nachbarin einfach stehen, die sich kopfschüttelnd ihrer Einkaufsliste widmete.

***

Sigmund Berghoff legte auf. Den Job als Gutachter für das Gericht konnte er abhaken. Wie hatte er sich derart täuschen können? Lena Hopfner war möglicherweise unschuldig. Der Staatsanwalt hatte sich unmissverständlich ausgedrückt. „Sie haben die Ermittlungen mit Ihrem Gutachten in die falschen Bahnen gelenkt. Wenn die Presse davon Wind bekommt, dann können wir uns warm anziehen!" Seine Stimme hatte aufgeregt geklungen, hallte auch jetzt noch nach.

Er stand auf und ging zur Bar, schenkte sich drei Fingerbreit Whisky ein und ließ sich wieder in den dick gepolsterten Lederstuhl sinken. Ein Schwindel überkam ihn, was nicht nur am Alkohol lag. Seine Diagnose hätte beinahe eine unschuldige, junge Frau lebenslänglich hinter Gitter gebracht – besser gesagt: in die Klapsmühle. Fünffacher Mord! Persönlichkeitsspaltung! Dabei war sie so etwas wie eine Gesinnungsgenossin, hatte sich wie er dem Studium der Psychologie verschrieben. Seine Gedanken wanderten zurück zu den Ursprüngen, als er seiner Berufung gefolgt war. Er fragte sich, ob er inzwischen zu alt für die Diagnostik geworden war. Litt seine Urteilskraft unter den zermürbenden Erlebnissen, die sein Beruf zwangsläufig mit sich brachte? Er hatte sich in diesem Fall wie ein Anfänger von den offensichtlichen Fakten in die Irre leiten lassen. Dabei war er sich so sicher gewesen, was diese Patientin betraf. Heiß und kalt durchlief es ihn. Er brauchte noch einen Dreifachen.

★★★

Lena schaufelte den letzten Bissen in den Mund, spülte ihn mit dem Rest Kaffee hinunter und erstarrte. Ihr Blick war zufällig zu der Ecke gewandert, wo sie die alte Dame aus den Augen verloren hatte. Dort stand Ralf Schenkelmann. In einem Arm hielt er eine Einkaufstüte, die Finger des anderen umklammerten den Griff einer Reisetasche. Sie kannte das Gepäckstück. Es war dieselbe Tasche, die er bei seiner Ankunft im Hotel bei sich hatte. Sofort erschienen wieder Bilder in ihrem Kopf. Es waren Szenen einer unbeschwerten Zeit. Einer Zeit, in der ihre Freunde noch gelebt hatten. War das tatsächlich erst zwei Wochen her?

Er streckte den Kopf hinter dem Mauervorsprung hervor und schien etwas zu beobachten. Lena folgte seiner Blickrichtung, und ihre Augen erfassten den BMW, in dem die beiden Ermittler saßen. *Er weiß, dass sie da sind und auf ihn warten!* Sie überschlug ihre Möglichkeiten. Wenn sie zu den Polizisten hinüberlaufen würde, um ihnen zu sagen, dass der Gesuchte hinter der Ecke lauerte, wäre dieser längst über alle Berge, bevor sie überhaupt begreifen würden, was Sache war. Außerdem konnte sie nicht unbedingt davon ausgehen, dass der Verdacht auf ihn gefallen war. Vielleicht kamen sie in einer anderen Angelegenheit. Dann würde sie sich selbst ausliefern, ihre Flucht wäre umsonst gewesen. Nein! Sie musste ihm folgen, dabei möglichst unauffällig bleiben. Das war die Chance, auf die sie gewartet hatte. Nun durfte sie diese nicht unnötig verstreichen lassen. So eine Gelegenheit würde sich wahrscheinlich nicht wieder ergeben.

Sie winkte dem Kellner, stand gleichzeitig auf und eilte zum Ausgang. Bevor sie die Tür erreicht hatte, war der Mann schon bei ihr. Offenbar hatte er damit gerechnet, dass sie die Zeche prellen wollte. Sie drückte ihm drei Zehner in die Hand. „Danke, der Rest ist für Sie."

„Schönen Abend noch, Gnädigste", flötete er hinter ihr drein, da war sie schon halb auf der Straße.

Lena musste sich zu einem langsamen Tempo zwingen. Ralf machte eben kehrt und verschwand aus ihrem Blickfeld. Sie überquerte die Straße und folgte ihm. Mit einem kurzen Seitenblick auf den BMW vergewisserte sie sich, dass die Männer des Überwachungsteams ihr nicht nachsetzten. Diese konnten sie gar nicht sehen, wenn nicht einer der beiden zufällig in den Spiegel sah, denn sie standen verkehrt herum, sodass das Heck des Fahrzeuges in ihre Richtung wies. Als sie schon dachte, sie hätte Ralf aus den Augen verloren, entdeckte sie den Hünen, der dank seiner Fracht nur langsam vorankam, weil er ständig anderen Passanten ausweichen musste.

Er bog in eine weniger belebte Seitengasse, und Lena legte einen Gang zu, sah ihn gerade noch zwischen den Glasflügeln in einem Hotelportal untertauchen. Sie eilte zum Eingang und beobachtete, wie er an der Rezeption eincheckte.

„Kann ich Ihnen irgendwie behilflich sein, werte Frau?" Der Portier hatte sich unbemerkt an sie herangeschlichen.

Lena zuckte zusammen. „Äh, nein danke, ich habe nur … einen Freund von mir gesehen und überlege gerade, ob ich ihm Hallo sagen soll."

Sie warf einen raschen Blick in die Empfangshalle, wo Ralf zum Aufzug ging, dessen Schiebetüren soeben auseinanderglitten.

„Wie Sie möchten", entgegnete der Portier und hielt ihr einen Flügel auf. Dabei musterte er sie von oben bis unten. Wenn sie durch ihr äußeres Erscheinungsbild irgendeinen Argwohn geweckt haben sollte, ließ er es sich nicht anmerken.

„Danke", meinte sie und trat ein. Ihre Gedanken ratterten wild durcheinander, während sie auf die Rezeption zuschritt. Wieder musste eine erfundene Geschichte herhalten. Sie drehte sich zum Portier um. Dieser hatte ihr bereits den Rücken zugekehrt und hielt auf dem Gehweg nach möglichen Hotelgästen Ausschau, denen er behilflich sein konnte.

„Guten Abend, Fräulein. Was kann ich für Sie tun?" Der Concierge empfing sie mit einem aufgesetzten Lächeln.

„Ähm. Guten Abend. Ich suche einen Freund. Er müsste eben angekommen sein, so ein großer Blonder." Lena deutete mit der gesunden Hand etwa die Größe des Gesuchten an. Die andere hielt sie tunlichst in der Jackentasche verborgen.

Seine Augen hefteten sich auf ihre hochgestreckte Hand, während er zum Telefonhörer griff. „Ah, Sie meinen den Herrn Schenkelmann!", sagte er. „Wen darf ich bitte melden?"

Lenas Magen vollführte einen Purzelbaum. „Ich würde ihn gerne überraschen, wenn Sie verstehen, was ich meine." Sie setzte ihr charmantestes Lächeln auf und förderte aus der Jackentasche einen Geldschein zutage. Als sie ihn über den Tresen schob, bemerkte sie, dass es ein Fünfziger war.

Der Concierge nickte und nahm den Schein mit einer fließenden Handbewegung entgegen und ließ ihn elegant in seiner Livree verschwinden. Dann grinste er anzüglich. „Der Herr Schenkelmann residiert im vierten Stock, Zimmer 408."

„Danke." Lena ging mit wackeligen Beinen zu den Aufzügen.

„Wünsche einen angenehmen Aufenthalt, Gnädigste", hörte sie den Mann vom Empfang rufen. Sie konnte seinen Blick förmlich auf ihrem Rücken spüren, während sie den Rufknopf drückte. Sie musste sich beherrschen, dass sie sich nicht zu ihm umdrehte.

Als sich die Türen des Liftes endlich hinter ihr schlossen, wich die Anspannung für kurze Zeit aus ihren Gliedern. Sie holte den Elektroschocker aus der Tasche und überprüfte ihn. *Was mach ich eigentlich hier?* Lena hatte Ralf gefunden und wusste, wo er abgestiegen war. Dass er sich vor der Polizei versteckte, wertete sie als ein gutes Zeichen. Was wäre, wenn sie einfach zur nächsten Telefonzelle ginge und ihn verpfiff? In der Lobby gab es sicher ein Münztelefon. Sie überlegte, ob sie eines gesehen hatte, konnte sich jedoch nicht daran erinnern. Sie war zu aufgeregt gewesen, als dass sie die Umgebung genauer in Augenschein genommen hätte.

Der Aufzug hielt im vierten Stock, und sie folgte dem Flur, las die Türschilder, suchte nach seiner Suite. *Er hat sie umgebracht! Ich will es aus seinem Mund hören! Er soll dafür bezahlen!* Sie sah Hans Ruprechter vor sich, wie er über den Boden kroch und sie ihm den Garaus machte, mit dem Beil erschlug, obwohl er nichts getan hatte. Sie wusste, dass sie es jederzeit wieder tun könnte: einen Menschen ermorden. Dennoch gab sie sich keiner Illusion hin. Ralf war ein Killer und extrem gefährlich. Er würde es ihr nicht so leicht machen. Ihr einziger Vorteil war das Überraschungsmoment. Er wäre nicht darauf vorbereitet, wenn sie ihm plötzlich von Angesicht zu Angesicht gegenüberstünde.

Möglicherweise würde sie die Aktion das Leben kosten, aber welche Alternativen hatte sie? Sie war auf der Flucht, eine gesuchte Mörderin mit der Aussicht, den Rest ihres Lebens in der Zuchtanstalt zu verbringen. Was hatte sie zu verlieren?

20 DER LETZTE SCHRITT

„Musst du denn deine Glimmstängel unbedingt im Wagen rauchen, Boris?" Josef Manninger ließ die Seitenscheibe herunter und fächelte den Qualm zum Fenster raus. „Wenn du es nicht lassen kannst, dann stell dich doch dort drüben unter den Baum." Sein Partner grinste ihn schief an. „Reg dich nicht auf, Joe. Draußen friert man sich den Arsch ab. Außerdem hat der Chef gemeint, wir sollen uns im Hintergrund halten. Wenn dieser Kornbeißer spitzkriegt, dass er observiert wird, dann macht der doch sofort die Biege."

„Haben Sie den Herrn Kornbeißer schon gesprochen, meine Herren?" Die zittrige Stimme Liselotte Krautmanns tönte ohne Vorwarnung durchs offene Fenster zu ihnen herein.

Die Ermittler zuckten zusammen. „Äh, nein, Frau Krautmann", erwiderte Oberinspektor Manninger genervt, nachdem er das faltige Gesicht identifiziert hatte. „Wenn Sie sich bitte vom Wagen entfernen würden. Wir operieren hier verdeckt."

Die alte Frau zeigte sich von seiner barschen Zurechtweisung unbeeindruckt. „Seltsam, ich hab den netten jungen Mann eben beim Supermarkt getroffen und ihm gesagt, dass Sie hier waren und nach ihm gefragt haben. Er hatte es plötzlich ziemlich eilig, nach Hause zu kommen. Ist er denn nicht an Ihnen vorbeigekommen?"

Manninger fuhr der Schreck in die Glieder. „Wann war das?" Er hätte sie am liebsten durch das Fenster in den Wagen gezerrt, um ihr höchstpersönlich den dürren Hals umzudrehen.

„Na, eine Viertelstunde ist das sicher her", verkündete sie lauthals, sodass einige Passanten ihnen neugierige Blicke zuwarfen.

„Ruf die Zentrale!", brüllte er seinem Partner zu. „Schnell!" Dann wandte er sich wieder der Zeugin zu. „Wo ist der Supermarkt?"

„Na, gleich ums Eck!" Sie deutete mit ausgestrecktem Arm am Heck des Wagens vorbei.

„Shit!" Manninger stieg aus dem Einsatzwagen und blickte gehetzt den Gehsteig runter. Unterdessen kramte er sein Handy aus der Jackentasche, um Chefinspektor Strebinger zu informieren. Die alte Krautmann wich eingeschüchtert ein paar Schritte zurück und beobachtete die weiteren Vorgänge.

Nun kam auch Bewegung in den Beifahrer. Er warf die Kippe auf die Straße und griff nach dem Funkgerät. „Hier Kaszynski, Wagen drei eins. Verdächtiger Jens Kornbeißer in einem Supermarkt Ecke Stättnergasse-Kräutermarkt gesichtet. Erbitte Anweisung. Ende."

***

Jana Modric lenkte den Wagen durch den dichten Abendverkehr, als sich plötzlich Strebingers Handy und das Funkgerät zeitgleich meldeten. „Zentrale ruft drei null, bitte melden!" Alarmiert lenkte sie das Gefährt bei einer Garageneinfahrt an den Randstein, während ihr Beifahrer das Telefon aus der Hosentasche fummelte. Der Autolenker, der hinter ihnen gefahren war, fuhr hupend an ihnen vorbei und zeigte ihnen den Vogel.

„Es geht los, Jana", keuchte ihr Vorgesetzter nach einem Blick auf das Display. „Das ist Manninger. Übernimm du das Funkgerät." Dann hob er ab und lauschte mit wachsendem Entsetzen den Ausführungen seines Kollegen. Mit dem anderen Ohr folgte er dem Gespräch, das Modric über das Funkgerät führte.

„Der Empfangschef vom Hotel *Goldenes Kalb* hat angegeben, dass Schenkelmann vor zehn Minuten eingecheckt hat", redete sie auf ihn ein, während Manninger übers Telefon noch immer dabei war, ihn darüber aufzuklären, wie es dazu kam, dass ihnen der Gesuchte durch die Lappen gegangen war. „Was soll ich sagen?", erkundigte sich Modric.

„Warte kurz, Josef!", plärrte er ins Handy. Dann wandte er sich seiner Kollegin zu. „Wo ist das Hotel?"

„Nicht weit entfernt von seiner Wohnung."

Strebinger merkte, wie sich sein Puls beschleunigte. Er wusste, dass sie sich nun keinen Fehler mehr erlauben durften. „Fordere eine Sondereinheit an, sie sollen möglichst unauffällig bleiben … kein Blaulicht!"

Sie nickte und gab die Instruktionen über Funk durch.

„Manninger!", sagte er betont langsam. „Ihr fahrt jetzt zum Hotel *Goldenes Kalb*. Dort lasst ihr den Eingang nicht aus den Augen. Haltet euch im Hintergrund, und wenn ihr Schenkelmann das Hotel verlassen seht, dann heftet ihr euch an seine Fersen, verstanden?"

Er lauschte, gab währenddessen Jana zu verstehen, dass sie losfahren sollte. „Verdammt, Joe! Sieh halt auf Google Maps nach oder frag von mir aus diese Krautwurst!" Wütend kappte er die Verbindung, griff nach dem mobilen Blaulicht und bugsierte es durch das Seitenfenster auf das Autodach. Zu seiner Fahrerin gewandt sagte er: „Mein Gott, was für Deppen! Alles muss man selbst machen. Die vergeigen sogar einen einfachen Überwachungsauftrag."

Er warf einen Blick auf das Navi, in das Modric bereits die Zieladresse eingegeben hatte. „Fünfzehn Minuten bei aktueller Verkehrslage. Das gilt nicht für uns. Drück auf die Tube, Jana!"

***

Es klopfte. „Zimmerservice", verkündete eine weibliche Stimme, die gedämpft von draußen zu ihm hereindrang.

Ralf schlüpfte wieder in das Hemd, das er soeben ausgezogen hatte, und ging den kurzen Flur entlang am Bad vorbei. „Ich habe nichts bestellt", erwiderte er und öffnete arglos die Tür.

„Hi, Ralf!", begrüßte ihn eine Frau mit Strickhaube und altmodischer Sonnenbrille.

Er musterte ihre zerknitterte Kleidung, die aussah, als hätte sie darin geschlafen. Der Parker war genau wie sein Hemd an der Brust geöffnet, sodass er ihre knabenhafte Gestalt erkennen konnte. Es gelang ihm nicht, sie seinem Bekanntenkreis zuzuordnen. Sie entsprach nicht seinem Beuteschema, wirkte eher wie ein Junkie auf Entzug, was wiederum auf eines dieser Magermodels hindeutete. „Kennen wir uns?", fragte er gereizt.

Als sie die Brille abnahm und er in ihre leuchtend grünen Augen sah, die von dunklen Ringen umrahmt wurden, sackte sein Herz zusammen. *Wenn dieses Klappergestell mich gefunden hat, dann wird die Polizei auch bald auftauchen.* „Lena! Was willst du hier? Wie hast du mich gefunden?"

„Wieso, Ralf? Wieso hast du sie ermordet?", fragte sie und erhob ihre Stimme. „Und wie zum Teufel hast du das angestellt? Du warst doch tot?"

„Brüll nicht so rum, du hetzt uns noch die Bullen auf den Hals." Er packte sie und zerrte sie in die Suite. „Ich habe niemanden umgebracht. Okay, das mit Thomas war ein Unfall, aber was hätte ich denn tun sollen? Er ist mit der Axt auf mich losgegangen, und beim Gerangel ist es dann passiert. Es war keine Absicht!"

Sie riss sich los und steuerte die Raummitte an. „Erzähl mir keine Märchen, Ralf. Wir beide waren die Einzigen im Hotel, besser gesagt: *Du* warst der Einzige. Ich war in der Hütte, schon vergessen?"

„Lena, glaub mir! Ich war es nicht!"

„Was war mit Jenny? Hat sie sich die Schnitte etwa selbst beigebracht?"

Er schüttelte den Kopf und setzte sich auf die Bettkante. „Wir haben gestritten, dabei ist sie gestolpert und in den Glastisch gefallen. Ein paar Kratzer hat sie schon abbekommen, aber als ich das Zimmer verließ, hat sie noch gelebt."

Er bemerkte, wie die Anspannung aus ihrem Körper wich. Sie schien ihm zu glauben, deshalb redete er weiter.

„Ich wollte abhauen, hatte genug von dem ganzen Scheiß, wollte von Anfang an nicht mitfahren. Es war Jennys Idee gewesen. Keine Ahnung, was sie sich dabei gedacht hat. Dann war dieser verdammte Schneesturm, deshalb konnte ich nicht weg. Ich bin in den ersten Stock rauf und habe mich dort versteckt. Vorher bin ich noch einmal in die Suite zurück, da fand ich Jenny in der Wanne … tot."

Lena schnaubte. „Und das soll ich dir glauben?"

„Ich weiß, wie das klingt, aber ich hatte eine Scheißangst, dass man mir das anhängen würde. In der zweiten Nacht kam

Thomas mit der Axt herauf. Inzwischen habe ich mitbekommen, dass es im Erdgeschoß drunter und drüber ging. Er hat mich angebrüllt, ich hätte Jenny abgeschlachtet, ging mit dem Ding wie ein Irrer auf mich los. Ich habe keine Ahnung, wie es passiert ist. Plötzlich steckte es in seiner Brust. Ab dem Zeitpunkt war mir klar, dass ich einen verdammt guten Plan brauche, um da wieder rauszukommen. Ich habe die Fingerabdrücke von dem Stiel abgewischt und begonnen, meine Spuren zu beseitigen. Es sollte nichts darauf hinweisen, dass ich jemals in diesem verdammten Hotel war."

Sie kniff die Augen zusammen, nickte langsam. „Ich weiß, was du meinst. Davon kann ich inzwischen ein Lied singen. Aber wenn du die anderen nicht umgebracht hast, wer war es dann?"

Er erinnerte sich an den Moment, als er das Hotel während des Stromausfalls durchstreift hatte. Es war plötzlich so ruhig gewesen, fast so, als ob er allein in dem Gebäude wäre. Trotzdem hatte er das Gefühl gehabt, von irgendjemandem beobachtet zu werden. Lauernde Gestalten, die sich in den Schatten verborgen hielten. „Ich denke, dass noch jemand dort war."

„Wer?"

„Keine Ahnung. Ich bin runter ins Erdgeschoss, der Strom war weg. Deshalb habe ich meine Taschenlampe mitgenommen und bin von Zimmer zu Zimmer gegangen, aber alle waren leer. Von oben hörte ich leises Poltern, als wenn jemand den Gang entlangläuft. Die Holzdecke hat ganz leicht vibriert. Also bin ich wieder rauf, um nachzusehen. Thomas lag nicht mehr so dort, wie ich ihn zurückgelassen hatte. Jemand muss ihn auf den Rücken gedreht haben. Lena, in diesem Augenblick habe ich mir in die Hosen gemacht und geschworen, die Suite erst wieder zu verlassen, wenn es hell ist."

Lenas Gesichtsausdruck gefiel ihm nicht. Er hatte sich verändert, ihre Augen hatten einen harten Glanz angenommen. Ralf nahm an, dass sie um ihre Freunde trauerte. Wer konnte ihr das verdenken? Er war jedenfalls erleichtert, dass er mit jemandem über die schrecklichen Ereignisse reden konnte, der dabei war, der wusste, was sich an jenem Ort zugetragen hatte.

***

Strebinger stürmte in die Halle des Goldenen Kalbes, gefolgt von Modric und einem halben Dutzend schwer bewaffneter Polizisten von der Sondereinheit WEGA. Es war ein eindrucksvoller Auftritt. Trotz der geballten Energie, die von dem Haufen ausging, bewegten sie sich beinahe lautlos. Er liebte solche Einsätze. Einer der weiblichen Gäste stieß einen spitzen Schrei aus. Die Uniformierten schwärmten auf sein Handzeichen aus und bezogen neben den beiden Aufzügen und der Treppe Position. Der Ordnung halber zückte der Chefinspektor seinen Dienstausweis und hielt ihn dem Concierge unter die Nase. „Wir kommen wegen Ralf Schenkelmann alias Jens Kornbeißer. Wo finde ich ihn?"

Die Augen des Empfangschefs huschten nervös zwischen den Polizisten hin und her. „Im vierten Stock, Zimmer 408."

„Gehen wir!", meinte Strebinger zu Modric, die ihre Waffe zog.

„Warten Sie!", rief ihnen der Concierge nach. „Es ist noch jemand bei ihm."

Die beiden wirbelten zu ihm herum. „Wer ist bei ihm?", erkundigte sich Modric.

„Sie behauptete, sie wäre eine Freundin von ihm, aber …" Der Mann senkte seine Stimme. „Ich denke, es ist eine dieser jungen Damen vom Escort-Service."

„Oh, danke für den Tipp!" Strebinger schickte drei Mann die Treppe hoch und ließ die anderen den zweiten Lift besetzen. Dann stiegen er und seine Partnerin ein.

Modric drückte auf den Knopf für den vierten Stock. „Würdest du dir eine Nutte kommen lassen, wenn du vor uns auf der Flucht wärst?"

Strebinger schüttelte den Kopf. „Nein, Jana!" Sein süffisantes Lächeln, das kurz über das Gesicht huschte, entlarvte ihn. „Aber das ist nicht der springende Punkt. Wie kommt es, dass sie schon hier ist? Er hat vor zwanzig Minuten eingecheckt."

***

Ich denke, dass noch jemand dort war. Seine Worte riefen ihr den Traum in Erinnerung, den sie hatte, als sie die Nacht in Großmutters Kammer verbrachte. Ihr Marsch durch den Schneesturm, die Silhouette des finsteren Hotels, wie sie mit der Taschenlampe dem engen Kellergang gefolgt war, Marthas Gesicht hinter der Zellophan-Folie, zu einer grauenhaften Fratze verzerrt. Alle diese Bilder drängten unaufhaltsam an die Oberfläche ihres Bewusstseins.

Lena ging zu dem schmalen Fenster und schaute auf die Straße hinunter, dann fiel ihr Blick auf einen Brieföffner, der auf einem kleinen Tischchen lag. Sie drehte sich zu Ralf um, der wie ein Häufchen Elend auf dem Bett kauerte und erkannte die Verzweiflung in seinen Augen. Er sagte die Wahrheit.

„Du bist also nicht ertrunken, wie wir angenommen haben?", fragte sie.

„Nein, aber offenbar war ich eine Zeitlang bewusstlos. Als ich aufgewacht bin, lag ich auf dieser Trage, in Badetücher eingewickelt. Du kannst dir vorstellen, wie verwirrt ich deshalb war. Am Rückweg in die Suite bin ich an eurem Zimmer vorbeigekommen und habe euch belauscht."

„Und du warst es dann auch, der am Morgen mit dem Traktor-Pflug ins Tal gefahren ist?"

Er nickte und erzählte ihr von seinem Aufbruch, wie er auf dem Weg in die Garage an all den Leichen vorbeigekommen ist: erst Barbara, dann Thomas, Martha und schließlich Michael. Nur bei Jenny war er nicht mehr gewesen. Er wollte nur noch weg von diesem Schlachtfeld. Lena lauschte bedrückt der Geschichte. Damit fiel er als Sündenbock aus. Aber eines musste sie unbedingt noch in Erfahrung bringen. *Mich würde brennend interessieren, wie Sie sich erklären, dass er am selben Tag, als er angeblich hier ankam, schon seine Füße in den weißen Sandstrand von Puerto Plata gesteckt hat, Fräulein Hopfner,* dröhnte die Stimme des Chefermittlers in ihrem Kopf.

„Wie hast du es nur angestellt, dass die Polizei glaubte, du wärst auf der Insel gewesen, obwohl du doch im Hotel warst?"

Ein Grinsen stahl sich auf sein Gesicht. „Ich hatte ein Ticket, das auf den Zweiundzwanzigsten ausgestellt war. Außerdem habe ich zwei Pässe. Ich musste nur einen davon mit einem falschen Datumsstempel versehen lassen. Genial, nicht wahr?" *Das ändert natürlich alles.* Sie ging auf ihn zu und lächelte. „Ja, genial." Dann rammte sie ihm den Brieföffner in den Hals und durchtrennte mit einem Ruck die Halsschlagader.

Sein Todeskampf war nur von kurzer Dauer. Sie rückte von ihm ab, wich seinem rudernden Arm aus. Die andere Hand hielt er gegen den Hals gepresst, was aber nicht viel nützte. Das Blut strömte wie bei einer geplatzten Wasserleitung hervor. „Es tut mir leid, Ralf", flüsterte sie. „Aber ich brauche dringend ein Arschloch." Sein Unterkiefer bebte. Ein Gurgeln verriet ihr, dass er etwas sagen wollte, aber anstelle von Worten kamen nur Blut und unverständliche Laute aus seinem Mund. Dann fiel er auf die Knie und brach zu ihren Füßen zusammen.

Plötzlich war es mucksmäuschenstill. Lena kniete sich neben den leblosen Körper und drehte ihn vorsichtig auf den Rücken. Von der Tür her vernahm sie ein leises Rascheln. Durch den Spalt konnte sie die schattenhaften Bewegungen von Schuhen erkennen.

Sie sind da!

Mit ein paar kräftigen Rucken zerriss sie den Pullover am Ausschnitt, dann ihr Shirt, drückte dem Toten den Elektroschocker in die Hand, schaltete ihn ein und rammte sich das Ding gegen die nackte Brust.

***

Als sie zur Tür hereinkam, war Lenas erster Gedanke, dass man sie verheizen würde. Die Beteuerungen der Ermittler und des Staatsanwaltes, wie unangenehm ihnen die Sache mit dem falschen Verdacht sei und dass man bedaure, was in Folge passiert wäre, verpufften mit einem Schlag. Man hatte ihr eine neue Pflichtverteidigerin zugeteilt. Sie hatte einen stattlichen Mann erwartet, der unzählige Schlachten geschlagen und gewonnen hatte,

Erfahrung im Gepäck mit sich führte, die ein anderer sein ganzes Leben lang nicht sammeln würde. Stattdessen hatte man ihr eine junge Frau geschickt, die ihres Erachtens in jeder etablierten Kanzlei höchstens als Anwaltsgehilfin durchgegangen wäre.

Umso überraschter war sie, als ihre neue Anwältin auf kompetente Art die Verteidigungs-Strategie darlegte.

„Ich habe die Akten gründlich studiert, Frau Hopfner. Im Fall des Tötungsdeliktes gegen Jens Kornbeißer alias Ralf Schenkelmann werden wir auf Notwehr plädieren. Das kriegen wir durch. Der Mann wog mehr als doppelt so viel wie Sie und war mit einem Elektroschocker bewaffnet, der einen ausgewachsenen Ochsen gefällt hätte. Außerdem hat er sich ein falsches Alibi verschafft, dazu seinen Pass gefälscht und wurde zum Zeitpunkt des Todes bereits von der Polizei als mutmaßlicher Mörder gesucht, die – und das ist der wesentliche Punkt unserer Strategie – es unterlassen hat, Beweise, Spuren et cetera hinsichtlich eines Aufenthaltes des Verdächtigen im Hotel zu sammeln, obwohl Sie, Frau Hopfner, die ermittelnden Beamten mehrmals darauf hingewiesen haben, dass er sich dort aufhielt. Die Protokolle, die darüber geführt wurden, legen diesen Umstand mehr als eindeutig dar …"

Es ein Gespräch zu nennen, wäre weit hergeholt. Magistra Jelena Sutkova redete ohne Unterlass, machte lediglich Pausen, um Luft zu holen, stellte nur hin und wieder Fragen, die Lena zu ihrer Zufriedenheit beantwortete. Nach fast zwei Stunden schwirrte ihr der Kopf, und sie sehnte sich nach der Hofpause, wo sie unter freiem Himmel ihre Runden drehen durfte.

Als sich die Anwältin von ihr verabschiedete, lagen die Fakten auf dem Tisch, die Lena zuversichtlich stimmten, dass sie mit einem blauen Auge davonkommen würde. Sie war bisher eine unbescholtene Bürgerin gewesen, hatte tadellose Zeugnisse vorzuweisen, und wenn man davon ausging, dass sie unter einer ungewöhnlichen Belastung gelitten hatte, als sie Hans Ruprechter erschlug, dann konnte sie mit der Mindeststrafe von fünf Jahren für Totschlag rechnen. Bei guter Führung könnte sie nach drei bis vier Jahren einen Antrag auf vorzeitige Haftentlassung stellen. Wegen der Morde an ihren Freunden rechnete die Anwältin nach derzeitigem Ermittlungsstand, dass es zu keiner Anklageerhebung kommen würde, da der Hauptverdächtige nicht mehr befragt werden konnte und die Indizienkette extreme Lücken aufwies, was den einseitig geführten Untersuchungen geschuldet war.

★★★

Lena hob den Kopf und betrachtete einen Vogelschwarm, der über den wolkenlosen Himmel zog. Sie musste sich keine Schwingen wachsen lassen, um die Mauern zu überwinden. Wenn sie es richtig anstellte, konnte sie in ein paar Jahren wieder ungesiebte Luft atmen. Die anderen Insassinnen ließen sie in Ruhe. Ihr Ruf hatte sich schneller verbreitet als ein Furz in der Aufzugskabine. Manche nannten sie *Hünenschlächterin* hinter ihrem Rücken, andere einfach nur die Irre. Aber alle hatten sie Respekt vor der *Dreifinger-Lady*.

Dr. Berghoff musste seinen Sessel räumen, nachdem die Staatsanwaltschaft Druck ausgeübt hatte. An seinem letzten Arbeitstag ließ er es sich nicht nehmen, ihr einen Besuch abzustatten. „Wussten Sie eigentlich, dass Ralf Schenkelmann Linkshänder war?"

Lena hatte den Kopf geschüttelt. „Nein, das war mir nicht bekannt."

„Ich durfte einen Blick auf die Tatortfotos machen. Dabei ist mir aufgefallen, dass er den Elektroschocker in der Rechten hielt."

Sie zuckte bloß mit den Achseln. „Ich hab ihm den Brieföffner auch mit der Linken in den Hals gerammt", entgegnete sie. „Aber schreiben tu ich mit der Rechten."

Als er gegangen war, fragte sie sich, ob er bemerkt hatte, dass sie für einen winzigen Moment unsicher geworden war.

Lena inhalierte die frische Luft, bereitete sich gedanklich für den nächsten Termin beim neuen Gefängnispsychiater vor, der ein psychologisches Gutachten für die Verhandlung erstellen sollte. Wie sie während der ersten Sitzung feststellen konnte, schien er eine Schwäche für junge Frauen mit knabenhaften Zügen zu haben …

ENDE

Der Autor

Florian Wächter, in Wien geboren, arbeitete bis
2015 als Zahntechniker und ab 2018 als Kranken-
pfleger. Der verheiratete Familienvater begann
seinen ersten Roman in den Neunzigern, den er
2015 veröffentlichte. Erste Anfänge seiner schriftstellerischen Tätigkeit waren Gedichte und Kurz-
geschichten.

Eines der großen Vorbilder des Autors, der sich
heute weiteren schriftstellerischen Arbeiten
widmet, ist der Horror-Autor Stephen King. Sein
Roman „Tödlicher Trip" dürfte ein Meilenstein auf
seinem Erfolgsweg sein.

novum VERLAG FÜR NEUAUTOREN

Der Verlag

*Wer aufhört
besser zu werden,
hat aufgehört
gut zu sein!*

Basierend auf diesem Motto ist es dem novum Verlag
ein Anliegen neue Manuskripte aufzuspüren, zu ver-
öffentlichen und deren Autoren langfristig zu fördern.
Mittlerweile gilt der 1997 gegründete und mehrfach
prämierte Verlag als Spezialist für Neuautoren in
Deutschland, Österreich und der Schweiz.

**Für jedes neue Manuskript wird innerhalb
weniger Wochen eine kostenfreie, unverbind-
liche Lektorats-Prüfung erstellt.**

Weitere Informationen zum Verlag und
seinen Büchern finden Sie im Internet unter:

www.novumverlag.com

Zeitfracht Medien GmbH
Ferdinand-Jühlke-Straße 7
99095 Erfurt, Deutschland
produktsicherheit@kolibri360.de